明理故事

MINGLI GUSHI

阳光心态 快乐成长

《明理故事》编委会 编

四川科学技术出版社

图书在版编目（CIP）数据

明理故事·阳光心态　快乐成长/《明理故事》编
委会编.—成都：四川科学技术出版社,2016.5（2017.5重印）
　ISBN 978-7-5364-8285-2

　Ⅰ.①明…　Ⅱ.①明…　Ⅲ.①故事—作品集—世界
Ⅳ.①I14

　中国版本图书馆CIP数据核字（2016）第012945号

明理故事·阳光心态　快乐成长

MINGLI GUSHI · YANGGUANG XINTAI KUAILE CHENGZHANG

编　　者　《明理故事》编委会

出 品 人　钱丹凝
责任编辑　肖　伊　郑　尧　欧　涛　陈敦和
封面设计　法思特设计
责任出版　欧晓春
出版发行　四川科学技术出版社
　　　　　成都市槐树街2号　邮政编码：610031
　　　　　官方微博：http://e.weibo.com/sckjcbs
　　　　　官方微信公众号：sckjcbs
　　　　　传真：028-87734039
成品尺寸　168mm×238mm
印　　张　10
字　　数　180千
印　　刷　四川省南方印务有限公司
版　　次　2016年5月第1版
印　　次　2017年5月第2次印刷
定　　价　28.00元
ISBN 978-7-5364-8285-2

邮购：四川省成都市槐树街2号　邮政编码：610031
电话：028-87734035　电子邮箱：SCKJCBS@163.COM

前言
PREFACE

　　好心态就像和煦明媚的阳光，照亮了我们的心房；好心态犹如晶莹剔透的甘露，滋润了我们的灵魂。坏心态像愁云惨淡的阴霾，遮蔽了心灵的天空；坏心态如冬日凛冽的寒风，枯萎了成长的花朵。

　　大凡成功者，不论他们的成功是大是小，他们都有一个好心态。这种好心态使得他们在挫折、失败、逆境和困难面前越挫越勇。他们会用一种积极、乐观和自信的心态，继续追逐自己的梦想。

　　大凡强者，不论他们经历过多少苦难，在痛苦、失望、打击面前，他们总会勇往直前，以平和、大度、自信的心态，来迎接更加辉煌的胜利。

　　一个人若能拥有一个好心态，就能够拥抱更加美好的明天；若被坏心态所俘房，我们难免会沦为失败者。

　　拥有了相信自己的心态，我们就获得了梦想的起点，就能跨越自卑的重重阻碍，通过自己的成就，证明自己。

　　拥有了乐观的心态，我们就获得了一种挑战的热情，在压力面前扔掉包袱，轻装前行，通过自己的不懈努力，来挣脱泥沼。

拥有了宽容的心态，我们就会更加细腻地捕捉到生命的恩赐，在充满了刀光剑影的人生途中游刃有余，才能赢得友谊，收获感动。

好的心态，就是我们内心的阳光和雨露，是驶向成功的一条安全带。在当今这个浮躁和急切的社会环境里，能够拥有一个好的心态更是十分不易和难得。

好的心态，就像一把金钥匙，在青少年的成长过程中，为其打开一座座充满惊喜和宝藏的大门。

本书正是从这一认识出发，让青少年们学会用积极乐观的好心态去迎接未来和自己的成长，通过健全和强大的心态来追求属于自己的完美世界。

相信你在读过本书之后，内心一定能获得一股强大的力量，这股力量必会推动你走向成功！

目录
CONTENTS

一觉醒来，窗外依旧是阳光

✽ 硬币的反面是花朵

✽ 你不能施舍我一双翅膀

✺ 给别人让路，就是给自己让路 ————————————

❀ 不做失去方向的巨人

❀ 一个幸福快乐的理由

一觉醒来，窗外依旧是阳光

人生在世，倘若没有一种乐观的情怀，那我们很容易被逆境打倒，被困难吓怕。其实，不管遇到多大的困难，我们要告诉自己：别怕，没什么大不了，一觉醒来，窗外不是依旧阳光普照吗？

阳光城堡

19世纪时，在美国的新墨西哥州有一个名叫安娜贝尔的女人，她陪伴着作为政府驻军的丈夫驻扎在一个靠近沙漠的陆军基地里。由于丈夫经常要到沙漠里去演习，因而每次到那时营房里便只剩下她孤零零的一个人。

在当时的美国，空调和电扇还未被发明出来，而新墨西哥州又是美国最热的地方之一，即使在仙人掌的阴影下也有50℃。她没有人可以谈天——身边只有墨西哥人和印第安人，而他们都不会说英语。

在这种情况下，安娜贝尔感到非常难过，于是她写信给远方的父母："我要丢开一切回家去！"

不久，她就收到了父亲的回信。信中只有短短的两行字："两个人从黑暗牢房的铁窗望出去，一个看到泥土，一个却看到了星星。"

读了父亲的来信，安娜贝尔久久不能平静，她心里觉得非常惭愧，于是下定决心要在沙漠中寻找到属于自己的星星。从此以后，安娜贝尔开始学着和那些印第安人和墨西哥人交朋友，她对他们的纺织、陶器很感兴趣，他们就把自己最喜欢的纺织品和陶器送给她。

安娜贝尔还开始研究沙漠中的各种动植物，观察沙漠里的气候变化。通过研究海螺壳，她欣喜地发现：这些海螺壳是几万年前当沙漠还是海洋时留下来的……原来这里竟然蕴藏着这么多的宝藏和乐趣，难以忍受的环境变成了令人流连忘返的奇景。

安娜贝尔为自己的发现兴奋不已，并就此写了一本书，书名为《阳光城堡》。

沙漠没有改变，恶劣的环境也没有改变，安娜贝尔也没有改变，改变的只是她的心态。只是意念的转变，使安娜贝尔把原先认为恶劣的情况变成了一生中最快乐、最有意义的冒险，安娜贝尔终于找到了属于自己的星星。

同一个人，当把悲观变成乐观之后，便会看到截然不同的两种人生景观。安娜贝尔改变了悲观，也就从绝望中看到了希望。

两美金而已

　　谢尔盖夫是一个画家，他喜欢画快乐的世界，因为他自己就是一个每天都很快乐的人。由于没人买他的画，这多少让他有点伤感，但感伤很快就会过去。

　　他的朋友们劝他："玩玩足球彩票吧！运气好的话，只花两美金便可赢很多钱！"

　　于是谢尔盖夫花两美金买了一张彩票，并真的中了彩，只这一下他就赚了50万美金。

　　他的朋友都对他说："你瞧！你多走运啊！现在你还经常画画吗？"

　　"我现在就只画支票上的数字！"谢尔盖夫笑道。

　　谢尔盖夫买了一幢别墅并对它进行了一番装饰。他很有品味，买了许多好东西：阿富汗地毯、佛罗伦萨小桌、维也纳柜橱、迈森瓷器，还有古老的威尼斯吊灯。

　　谢尔盖夫很满足地坐下来，他点燃一支香烟静静地享受他的幸福。突然他感到好孤单，想去看看朋友。他把烟往地上一扔，在原来那个石头做的画室里他经常这样做，然后他就出去了。

燃烧着的香烟躺在华丽的阿富汗地毯上……一个小时以后，别墅变成一片火的海洋，它完全被毁了。

朋友们很快就知道了这个消息，他们都来安慰谢尔盖夫。

"谢尔盖夫，真是不幸呀！"他们说。

"怎么不幸了？"他问。

"损失呀！谢尔盖夫，你现在什么都没有了。"

"什么呀？不过是损失了两美金而已。"

成长心语
CHENGZHANG XINYU

有时，我们总是习惯于把我们的损失放大，其实它们没有我们想的那么严重。乐观一些，生活有什么过不去的坎呢？

大火烧不掉的幸福

　　詹姆是一名普通的裁缝。詹姆通过自己多年的努力，终于拥有了属于自己的裁缝铺，一家人也搬了进去。

　　铺子开张的当天晚上，詹姆和他的家人在一起庆祝。正在全家人兴高采烈地互道祝福的时候，突然外面火光冲天，一家人迅速跑出房屋，原来是邻居家着火了。火势迅速蔓延，很快烧到了詹姆家。

　　詹姆一家眼睁睁地看着自己新开张的裁缝铺被大火无情地吞噬，却无能为力。詹姆的妻子和孩子们都失声痛哭，只有詹姆一人不发一言，也无悲戚之状。

　　他年幼的小儿子仰起挂着泪珠的脸对他说："爸爸，我们的家没有了，怎么办呢？"詹姆的脸上闪现出一丝的刚毅，然后对儿子说："不，孩子，你说错了，我们的家不是没有了，只是要变得更好了，我们终于可以建造一个新家了，孩子，你要记住，大火是烧不掉幸福的……"

　　儿子说："可是我们什么都没有了啊。"

　　詹姆说："不，我和你妈妈不是还在吗？你和你的兄弟姐妹也都在，我们一定可以重新拥有一切。"

从这以后，詹姆和他的家人虽然过着粗茶淡饭的生活，但是其乐融融。他们彼此相互鼓励着，温暖着，几年以后，詹姆再一次拥有了一间比先前还要好的裁缝铺。

成长心语
CHENGZHANG XINYU

物质的得失是人生的常态，如果我们不能看透这一切，那么我们的生活必然会被得失所困扰。生活需要积极的心态，无论是得到还是失去，我们都应该积极地面对人生。真正做到"不以物喜，不以己悲"，我们才能感知生活的幸福与快乐。

穷孩子，富孩子

为了寻找幸福美满的生活，我们需要向孩子们看齐，用那颗赤子之心去看待世间发生的每一件事。如果可以做到这一点，生活中一个微小的惊喜都可以让你的生活被快乐围绕。

一位富翁为了让儿子体会到贫穷生活的不容易，用心良苦地带着他去农村体验生活。他们到了一个偏远的小山村，父亲细心的查访了一家最穷的人家，并在那里待了三天。

回到家以后，父亲对儿子说："怎么样，这次旅行愉快吗？有收获吗？"

儿子兴奋地回答说："我感到棒极了！"父亲兴趣盎然地让儿子谈了自己的想法。

儿子开心地说："他们家要比咱们家富有得多。爸爸您看，咱家只有一只小狗，而我却发现他们家养着一只大狗和两只小狗；咱家只有一个小游泳池，而他们家却有一个很大的水库；咱们家的花园里只有一小片的花草，而他们房子后面却有漫山遍野的花；咱们家什么蔬菜也没有，而他们家却种满瓜果蔬菜！"

听完儿子的感想后，父亲也感到非常开心，因为他觉得自己的孩子能发现美好。

儿子摇着父亲的手又说道："爸爸，我现在才知道原来咱们家是那么的贫穷。"

青春期这个阶段，正是慢慢告别童真的时候。我们虽然要长大，但我们永远不要抛弃那份孩子的童真。因为孩子的世界里没有黑暗，到处都是明媚的阳光，他们不懂得世间的疾苦，也少了大人们那份多愁善感，他们眼中的世界一片和平美好，四处散发着美丽的光芒，所以孩子的幸福快乐要比大人多几倍，甚至几十倍。

CHENGZHANG XINYU

还没有找到快乐的青少年们，赶快行动起来，再一次用童年的眼光去看待世界吧！这样，我们的生活会越来越美好。

活 着

他刚满二十岁,学习成绩非常好,但是由于家境困难,他只好放弃学业。他可以不上学,但他觉得如果不让成绩优异的妹妹上大学实在是太可惜了,于是他来到工地挖隧道。不幸的是,第一次进入隧道就遇上了岩石塌方,他很不幸地被困在了隧道中。

同时被困的还有四个人,大家内心都非常的害怕,局面一时很是混乱失控。此时有人放声大哭,有人想往岩石上撞,他也差点控制不住自己。刹那间他想了很多,首先想到了死,但又想,若自己就这样不明不白的困死在这里,妹妹就会辍学,父母也会悲恸欲绝。他强迫自己一定要乐观,然后试着去控制局面。

他努力使自己的声音变得很沉稳:"我是新来的工程师。大家想活命吗?想活命就听我的!"黑暗中,几个人渐渐安静了下来。

他又向被困的四个人"发号施令":一、被困的四个人必须听他指挥;二、外面肯定在组织救援,但需要时间;三、保持体力,休息睡觉,因为累死也搬不动那堵住隧道口的数吨重的大石头;四、隧道里到处都是水,有水我们就能多撑几天。

不过他隐瞒了两件事情:第一是他进隧道时带了两个馒头,现在已成无价之宝；第二是他有一个电子表，可以掌握时间，因为黑暗中，最让人害怕的是不知道时间过去了多久。

刚开始两天的时候，四个人还比较平静，能够听他的话安静地休息以保存体力。可到了第三天的时候，饥饿就开始侵袭他们的意志，恐惧情绪也开始滋生。他告诉他们要镇静，现在外边肯定正在实施救援，只要镇定地等下去，肯定就能获救。

可是三天过去了，隧道里还是没有一丝光亮。为了舒缓他们的恐慌情绪，他把其中一个馒头分成四份给大家吃。

第五天，终于听见隧道那头隐约传来钻机风镐的轰鸣声。他赶紧把最后一个馒头分成四份给大家吃，然后大声命令四个人拿起工具拼全力往巨石上敲击……

事后，四个躺在病床上劫后余生的人怎么也无法相信，那个沉稳威严的"军师"竟然是一个毛头小伙子。有人问他为什么会重生，他说："在紧要关头，唯有乐观救得了自己。"

很多时候，乐观是战胜逆境的法宝。在关键时刻，只有保持冷静的头脑，才能取得最后的成功。

十二次的手术

　　已故的美国著名作家布思·塔金顿在他六十多岁的时候，他低头看着华丽的地毯，色彩却一片模糊，他无法看清楚地毯的花纹。他去找了一个眼科专家，知道了一个不幸的事实：因为年龄的原因，他的视力在减退。他总觉得眼前总是有各种形状的"黑斑"在游走。

　　不久，他最怕的事情终于降临到自己的身上：他有一只眼睛几乎全瞎了，另一只眼睛离失明似乎也为期不远。

　　可是，乐观的塔金顿对这种"可怕的事"有什么反应呢？他是不是觉得"这下完了，我这一辈子就此完了"呢？没有！他自己也没有想到他还能活得如此开心，甚至还能善用他的幽默感。

　　之前，浮动的"黑斑"令他很难过。它们会在他眼前游走，遮挡了他的视线，可是现在，当那些黑斑在他眼前晃过的时候，他却会说："嘿，又是黑斑老爷爷来了，不知道今天这么好的天气，它要到哪里去玩耍。"

　　当塔金顿完全失明之后，他说："我发现自己已经看不到这个美丽多彩的世界，但是我能承受。我还有什么不能承受的呢？要是我五种感官全都丧失了，我知道我还能够继续生存于自己的思想之中。"

　　可是乐观的塔金顿不想就这样屈服，为了恢复视力，在一年之内他接受了十二次手术，为他动手术的是当地的眼科医生，在他必须接受好几次手术时，他还在向他的病友说他是多么幸运。

"多么好运，"他说，"多么妙啊！现代科学发展得如此之快，竟能够在人的眼睛这么复杂的东西里动手术。"

一般人如果要忍受十二次以上的手术，过着那种不见天日的生活，恐怕都会变成神经病了，可是塔金顿说："我可不愿意因为这个而耽误一些更开心的事情。"这件事教会他如何接受不可改变的事实，这件事使他领悟了约翰·弥尔顿所说的："瞎眼并不令人难过，难过的是你不能忍受瞎眼！"

成长心语
CHENGZHANG XINYU

能够顺从，这是人生旅途中最重要的一件事，顺从并不等于屈服。很显然，环境本身并不能使每个人快乐或不快乐，每个人对周遭环境的反应才能决定他的感觉，必要的时候，每个人都能忍受得住灾难和悲剧，甚至战胜它们。

一觉醒来，窗外依旧是阳光

生活是什么呢？生活就是哪怕昨天风雨兼程，哪怕明日还会有风雨来临，太阳依旧照常升起。

一位满脸愁容的商人来到智慧老人的面前。

"大师，我急需您的帮助。虽然我很富有，但人人都对我横眉冷对。生活真像一场充满了奸诈诡异的厮杀。"

"那你就停止厮杀呗。"老人回答他。

商人对这样的告诫感到无所适从，他带着失望离开了老人。在接下来的几个月里，他的情绪变得糟糕透了，与身边每一个人争吵斗殴，由此结下了不少冤家。一年以后，他变得心力交瘁，再也无力与人一争高下了。

"哎，大师，现在我不想跟人家斗了，但是生活还是如此沉重——它真是一副重重的担子呀。"

"那你就把担子卸掉。"老人回答。

商人对这样的回答很气愤，怒气冲冲地走了。在接下来的一年当中，他的生意遭遇了重大挫折和损失，并最终丧失了所有的家当。妻子带着孩子离他而去，他变得一贫如洗，孤立无援，于是他再一次向这位老人讨教。

"大师，我现在已经两手空空，一无所有，我的生活里只剩下了悲伤，这个世界只剩下了黑暗和绝望。"

"那就不要悲伤。"商人似乎已经预料到会有这样的回答，这一次他既没有失望也没有生气，而是选择留在老人居住的那个山里。

有一天回首往事，他突然感到悲伤万分，伤心地号啕大哭起来，几天，几个星期，几个月都在流泪。

最后，他的眼泪哭干了。他抬起头，早晨温煦的阳光正普照着大地。他于是又来到了老人那里。

"大师，生活到底是什么呢？"

老人抬头看了看天，微笑着回答道："一觉醒来又是新的一天，你没看见那每日都照常升起的太阳吗？"

生活中不论遇到什么样的困难，我们都要告诉自己：一切都会过去。我们不必停留于今天的悲伤，只要我们勇敢一点，美好的明天一定会到来。

乐观的机长

　　2007年8月20日，日本冲绳那霸机场发生了一次空难，来自我国台湾的一架客机在降落时不幸起火，随后发生爆炸解体。很幸运的是，飞机上的人无一伤亡，因为在关键时刻，机长保持了冷静的头脑。当飞机起火的时候，这位机长沉着冷静地对大家说："大家不用紧张，我们会没事的！大家一个一个按顺序逃生。"

　　在机长的冷静指挥下，飞机上的乘客顺利逃生。在乘客都逃走了以后，机长仍镇定自若地指挥着飞机上的乘务员逃生。当飞机上只剩下机长一人时，大火已经失去了控制，从安全门逃生已经来不及了。在这种极其危险的情况下，飞机随时可能爆炸解体。

　　这位机长依然沉着冷静，他果断作出了一个大胆的决定：从飞机驾驶室的窗户跳下去！这个位置离地面足足有两层楼的高度，但是他已经没有选择了，当这位机长跳下去的一瞬间，仅仅是一瞬间，飞机就完全爆炸，成了一团火球。

　　不幸中的万幸，飞机上有一位乐观冷静的机长，否则后果怎样真的无法想象。一代天骄成吉思汗也曾说过："一个人要做一番大事业，一定要首先练习保持一个冷静的头脑。"

　　并不是每个人都能保持冷静的头脑，遇到突发情况保持冷静只有部分人能做到，但是我们可以学习如何保持冷静的头脑。

　　人的一生中，不仅遇到突发事件时要保持冷静，而且在失败、失意、受挫、困顿，甚至成功、辉煌时，都要时刻保持着，沉稳踏实地走好人生的每一步。

垒球王

　　席勒是美国著名的潜能开发大师。他所采用的激励方法内容丰富，深受学员们的喜爱。他声名远扬，经常应邀到世界各地去巡回演讲。

　　席勒最崇尚的一句话就是："任何一个苦难与问题的背后，都有一个更大的祝福和惊喜！"他不仅常常用这句话来激励学员积极思考，而且还向他的小女儿灌输这一思想；所以仅念小学的女儿对父亲的这句名言，也是朗朗上口，倒背如流。他的女儿是一个非常淘气且热爱运动的小姑娘。

　　有一次，席勒应邀到韩国演讲。演讲过程中，他收到一封来自美国的紧急电报，电报说：他的女儿发生了一场意外，正在医院进行紧急手术，医生说有可能截掉小腿！得到消息后，他用最快的速度赶回了美国。

　　到了医院，他看到已经截掉小腿的女儿痛苦地躺在病床上。他发现自己原本优秀的口才，此时显得异常笨拙，他不知应该用什么样的方式来安慰这个热爱运动、充满活力的小天使。

　　聪明伶俐的女儿似乎察觉了父亲的心事，对他说："爸爸！我没有事，你不是经常告诉我，任何一个苦难与挫折的背后，都有一个更大的祝福和惊喜吗？我不会因为失去小腿而难过的。"他欣慰地看了看女儿。

"请爸爸放心吧，没有了脚我还有双手呢。"女儿安慰似的对他说着。

两年后，席勒的女儿升入了中学，而且被选入垒球队，成为该队中最出色的垒球王。

实际生活中，许多人都害怕去正视困难，面对困难只会退缩；更有人在尚未达到预期的目标时，就被困难吓破了胆，产生了放弃的念头。

其实，大可不必这样消极。先"放心"去面对，再"用心"去解决，这时你会发觉，有些表面看起来十分棘手的问题不过是纸老虎。其实，苦难重生后就是幸福，只要能笑看人生，即使是狂风暴雨又能奈何。

骑士的忧虑

一个整天总是忧虑的骑士想要出一趟远门。在出发之前，他又忧虑重重，深感不安，怕遇到一些意想不到的情况，因此他决定要事先做好一个万全的准备。

忧虑的骑士先坐在舒适的椅子上，将必须携带的一切东西想过一次，待他自认为思虑周全之后，便开始着手整理旅行装备。

首先，为了防止在旅程当中遇上强盗，或是其他武士的无礼挑战，骑士将全套的盔甲都穿戴妥当，并且配上两把长剑，预防其中一把不幸被对方打落。接着，他带了一大瓶的特殊药膏，可以预防沿途的日晒以及毒蛇蚊虫的伤害。然后，细心的骑士还想到，在野外要进行炊事时，一定要有一把锋利的斧头，可以迅速地砍劈收集足够的柴火，再加上不可或缺的锅碗瓢盆以及一些干肉。

为了预防晚上睡觉时会遇上下雨，骑士又将帐篷绑在他的马鞍上，既然有了帐篷，想要舒适地睡个好觉，那么一床柔软的毯子自然也是不可缺少的。

最后，为了避免走到不毛之地时他的坐骑会遇到断粮之苦，骑士又扎捆了一大束的干草，准备当作他爱马的储备口粮。一切准备就绪之后，经过最完整的清点，这位忧虑的骑士终于安心地跨上马背正式出发了。

一路上，锅碗瓢盆相互碰撞发出的"砰砰当当"的撞击声，身旁两柄长剑摇晃得"乒乒乓乓"声，声声不绝于耳，让这位伟大的骑士远远听起来，就像是一座机械工厂正在搬家；至于他的外观，则活像是一堆会自行移动的小型垃圾车。

骑士慢慢走着，来到一座年久失修的桥上，走过了一半桥面，由于带的东西太多，使得木板突然断裂，骑士连人带马摔进桥下的急流中。在将要被活活淹死之际，这位忧虑的骑士方才猛然想到：他忘了带一个救生圈。

成长心语
CHENGZHANG XINYU

事实上，很多时候，我们的忧虑都是多余的，因为未来的事情我们都无法预知。忧虑像一把摇椅，它可以使你有事情可做，但却不能让你前进任何一步。不懂得拒绝忧虑的骚扰，就不会拥有快乐的人生。自己招来的忧虑是最大的忧虑。

总统夫人的回信

　　约翰逊原来是一位非常平凡的美国人，他以母亲的家具作抵押，得到了银行500美元贷款。用这笔钱，他开办了一家小小的出版公司。

　　他创办的第一本杂志是《黑人文摘》。为了扩大销售量，他有了一个非常新奇大胆的想法：组织一系列以"假如我是黑人"为题的征文活动，请白人在写文章的时候把自己摆放在黑人的地位上，严肃地来看待这个问题。

　　他想，如果请罗斯福总统的夫人埃莉诺来写一篇这样的文章是最好不过了，因为她的名气会给这样一家小企业带来无限机会。于是，约翰逊便给罗斯福夫人写了一封请求信。

　　罗斯福夫人给约翰逊回了信，说她太忙，没有时间写，约翰逊见罗斯福夫人没有说自己不愿意写，就决定坚持下去，一定要请罗斯福夫人写一篇文章。

　　约翰逊并没有因此放弃，一个月后，约翰逊又给罗斯福总统夫人发去了一封信。夫人仍回信说太忙。此后，每过一个月，约翰逊就给罗斯福夫人写一封信。夫人也总是回信说连一分钟的空闲也没有，但约翰逊依然坚持发信，他相信：只要坚持下去，总有一天会打动她。

　　一天，他在报上看到了罗斯福总统夫人在芝加哥发表讲演的消息。他决定再试一次。他发了一份电报给罗斯福夫人，问她是否愿意趁在芝加哥的时候为《黑人文摘》写那样一种主题的文章。

罗斯福夫人终于被约翰逊的真诚感动了，于是便给约翰逊寄来了一封回信，里面是一篇自己写的文章。结果，这让《黑人文摘》的发行量在一个月之内由5万份增加到15万份。后来，约翰逊的出版公司成为美国第二大的黑人企业。

人生就如一场马拉松，最后的胜利都是属于坚信自己能迎来美好的一天，并坚持到最后的人，持之以恒是我们在遇到困难时仍然继续努力的能力。大多数成功者的秘诀都有两个——第一个是坚持到底，永不放弃；第二个就是当你想放弃的时候，回过头来看看第一个秘诀。

拿破仑说过："胜利属于永远坚持不懈者。"在通往成功的道路上，我们会遇到很多的困难和挫折，面对这些困难和挫折，有的人会却步，有人会另寻途径，有人会坚持，而胜利往往都是属于最后的坚持者。

迟来的荣誉

　　图尔是1981年"普利策文学奖"的得主，而他的获奖作品《笨蛋联盟》却早在1969年就已经完成了。

　　人们不禁要问，为什么隔了这么久他的作品才得奖呢？其实，图尔在1969年的时候就已经完成了他唯一的一篇长篇小说《笨蛋联盟》并四处投稿，但总是一再被退回。在经历了一连串的拒绝后，贫困绝望的图尔在32岁那年饮弹自尽，放弃了他的追求。

　　然而，图尔70多岁的母亲在他死后，却依然相信他的儿子是个天才，不断地拿着《笨蛋联盟》和出版社联络，希望能找到具有眼光的出版商。虽然一直面临不断被拒绝和退稿的命运，但始终没有改变她的信念。

　　在连续被七十八家出版社拒绝后，最后被著名的小说家赏识而介绍到路易斯安那出版社，于1980年出版。

　　小说一出版就引起轰动，并在第二年就获得了"普利策文学奖"，而这对图尔而言无疑是最高的荣誉和肯定。

　　而图尔早已不知道这一切了，他觉得经历了太多的辛苦，他以为自己已经走到了人生的尽头，他以为成功不会来临，所以他在成功的前夕以一个失败者的姿态没落下来，他选择了接受失败的结果而放弃了乐观。他的母亲，却以一种执著等到了这份迟来的荣誉。

CHENGZHANG XINYU

　　有多少人在与成功仅一墙之隔时放弃希望，坐看日落不再进取！坚持本身就是一种胜利。青少年们要坚信：没有不成功的人，只有放弃成功、无法坚持到成功来临的人。

上帝没把我抛弃

　　二战时的美国前总统罗斯福，是美国历史上最著名、最伟大的三位总统之一。罗斯福之所以能够名垂青史，是因为他在用权术与计谋来达到自己的政治目的方面可谓技艺高超；但真正让他被人们铭记的却是他果敢的开创精神和顽强的意志。

　　当罗斯福的事业蒸蒸日上之时，厄运却接连向他袭来。

　　20世纪20年代初，罗斯福作为副总统候选人，和总统候选人詹姆斯·考克斯搭档代表民主党参加竞选。惨遭失败之后，他暂时退出政坛回家休养。

　　有一次，罗斯福在芬迪湾的游泳时，他的双腿突然麻痹，在这次严重的抽筋中，他的腿神经损伤了。一个有着光辉前程的硬汉，转眼变成了一个卧床不起、事事都需要别人照顾的残疾人，身体和精神上的双重打击折磨着他。

　　最初，罗斯福几近绝望，认为上帝把他抛弃了，但是不屈的精神和顽强的意志最终使他没有放弃希望与生命。在治病期闻他仍然不停地看书，不停地思考问题，勇敢地面对自己的疾病，同时积极配合医生进行治疗。可想而知，要做到这些需要多么非凡的勇气和多么坚强的毅力啊！

在疾病和精神伤痛的双重磨炼下，罗斯福变得比过去更加坚毅老练了。罗斯福身体力行着自己就职演说中提出的"无所畏惧"的战斗口号："我们唯一恐惧的就是恐惧本身。"

他不怕失败，勇于创新，勇于尝试，有魄力，有远见，最后终于把美国带出了"大萧条"的泥淖，为美国在二战中的出色表现奠定了坚实的经济基础。

成长心语
CHENGZHANG XINYU

在困难面前，我们要时刻坚信：上帝并没有把我们抛弃，因为我们自己才是自己的上帝。

硬币的反面是花朵

人生是一个非常戏剧化的东西，它像一枚抛起的硬币，我们永远也猜不对究竟是哪一面。其实，即使是反面，上面不也是有一朵美丽的花儿吗？

杂 货 店

在澳大利亚的一个小镇上有一家普通的杂货店，可是杂货店的老板夫妇因为车祸而不幸辞世了。杂货店作为夫妇唯一的一份遗产，被两个刚刚成年的儿子继承了。微薄的资金，简陋的设施，兄弟俩靠着出售一些罐头和汽水之类的食品勉强度日。

慢慢地，由于经营不善，兄弟俩的生活越来越窘迫，两人不甘心过这种穷苦的日子，兄弟俩要寻找别的能够发财的机会。

有一天，哥哥奥尔多问弟弟罗伊说："为什么同样的商店，有的赚钱，有的只能像我们这样收入微薄呢？"

罗伊回答说："我觉得或许是我们的经营有问题，如果经营得好，小本生意也可以赚钱的。"

"可是，如何才能经营得好呢？"于是，兄弟俩决定经常去其他商店看一看。

一天，他们来到一家商店，他们发现这家商店顾客盈门，生意红火。这引起了兄弟俩的注意。于是他们走到商店外面，看到门外一张醒目的告示上写着："凡来本店购物的顾客，请保存发票，年底可以凭发票额的3%免费购物。"

　　他们把这份告示看了又看，终于明白这家商店生意兴隆的原因了，原来顾客就是贪图那"3%"的免费商品。回到自己的店里后，他们立即也贴了一个一模一样的告示。但没过两个月，他们便发现因为自己的经营成本实在有限，这样的返利让兄弟俩难以为继，而且因为自己的杂货店都是一些薄利多销的货物，所以3%的返利相当于把利润都赔进去了，无钱可赚。

　　于是兄弟俩一商量，虽觉得这办法不可行，但它却增加了客源，于是弟弟灵机一动，决定改变原来照搬那家商店的方法，将可以参加返利的货物限定在那些利润比较高的上面。这样一来，既没有影响店铺增加客源，又能够保证不会因为一些商品返利太多而带来重大损失。

　　就是凭借这种不断吸取他人经验而来的智慧，他们兄弟俩的商店迅速地扩大，现在，他们已经成为了澳大利亚东部最大的连锁商店的老板。

成长心语
CHENGZHANG XINYU

　　我们要善于取人之长，补己之短，不懂、不会，要及时地向老师或同学请教，切忌不懂装懂，自欺欺人，也不可妄自菲薄，盲目照搬。在向他人学习的时候，必须有持之以恒的精神和去粗取精的方法。

池塘里的金子

两个墨西哥人沿着密西西比河淘金，关于哪里会有更多的金子，他们的看法出现了分歧。于是，他们在一条河边分了手，一个去了俄亥俄河，另一个去了阿肯色河。

几年过去了，去了俄亥俄河的那个人果然发了财。他不仅在那里找到了大量的金子，而且还建了码头，修了公路，使他落脚的地方成了一个大集镇。进入阿肯色河的人自从河边分手后，他就再也没了音信。

直到50年后，一个重2.7千克的天然金块在匹兹堡引起轰动，那个朋友这才知道了他的情况。原来，匹兹堡《新闻周刊》的一位记者曾写道："这颗全美最大的金块来源于阿肯色，是一位年轻人在他屋后的鱼塘里捡到的，从他祖父，也就是当年那个去了阿肯色的淘金者留下的日记看，这块金子是他自己亲手扔进去的。"

原来去了阿肯色的那个人的确淘到了很多金子，而且在那里安家落户，并且有了子孙后代。可是作为一名淘金者，尤其是18世纪60年代，在那个正是美国开始创造百万富翁的年代，每个人都在疯狂地追求金钱，他为什么要把到手的金子扔掉？

后来，《新闻周刊》刊登了他的日记，揭开了谜底。

他在其中的一篇日记中写道："昨天，我在溪水里又发现了一块金子，比去年淘到的那块更大，进城卖掉它吗？那就会有成千上万的人蜂拥而至，如果是那样的话，我和妻子亲手用一根根圆木搭建的棚屋、挥洒汗水开垦的池塘和屋后的菜园，还有傍晚的火堆、忠诚的猎狗、喷香的炖肉、山雀、花鸟、草坪以及大自然赠给我们的珍贵的静逸和自由都将不复存在。我宁愿看到它被扔进鱼塘时荡起的水花，也不愿眼睁睁地望着这一切从我眼前消失。"

于是，他搁下笔，毫不犹豫地将那块大金子扔进了池塘。

要想闻到野花的清香，必须放弃城市的舒适；要想得到永久的掌声，必须放弃眼前的虚荣。放弃了小溪，还有大海；放弃了蔷薇，还有玫瑰；放弃了一棵树，还有整个森林；放弃了驰骋原野的不羁，还有策马徐行的自得。

耳聋的音乐家

　　塞西莉亚生长在苏格兰东北部的一个农场。从八岁起，她就开始学习钢琴，并渐渐地显露出了她在这方面的天赋。随着年龄的增长，她对音乐的热情与日俱增，她毅然地选择了音乐作为自己一生的追求。

　　可是好景不长，不幸很快降临到她身上，她的听力渐渐下降，医生们断定是由于难以康复的神经损伤造成的，而且断定到十二岁，她将听不到任何声音。周围的亲戚朋友都劝她改学其他专业，可塞西莉亚的梦想是成为一名出色的打击乐器的独奏家，而不是一名耳聋的音乐家！

　　就在她快要崩溃的时候，她的姨妈对她说："别人的观点阻挡不了你的热情，不要去管别人说些什么，你只需要朝着自己心里认为是对的方向努力就行。"

　　从这以后，塞西莉亚更加义无反顾地坚持自己的目标。为了演奏，她学会了用不同的方法聆听其他人演奏的音乐。她只穿着薄一点的衣服演奏，这样她就能通过她的身体和想象感觉到每个音符的振动，她几乎用她所有的感官来感受着她的整个声音世界。

之后她向伦敦著名的皇家音乐学院提出了申请，因为音乐学院以前从来没有一个耳聋的学生提出过申请，所以一些老师反对接收她入学。然而，她的演奏征服了所有的老师，她顺利地入了学，并在毕业时荣获了学院的最高荣誉奖。

后来塞西莉亚为打击乐独奏谱写和改编了很多乐章，成为世界第一名女性专职打击乐独奏家。

如果塞西莉亚从小就顺风顺水，或许她也不会有今天这样的成绩。可见，苦难真的造就华丽人生。

很多时候，并不是因为我们的选择不正确而导致我们的失败，而是因为我们不敢迎难而上，不愿意接受人生的各种挑战。如果你觉得这条路是正确的，就请你坚持下去，它会让你获得力量，推动你在自己的领域做出意想不到的成绩。

樵夫自救

从前，有一个山民依靠上山砍柴为生。他和当地许多砍柴的樵夫一样，通常在前一天的傍晚到山上砍柴，第二天一大早再担到集市上去卖。日子虽然过得并不富裕，但是因为当地的树木非常茂盛，维持一家人的生活却也不困难。

一天，这位樵夫又像往常一样来到山上砍柴。这一回他决定砍一棵粗壮的大树。他一会用斧头砍，一会用锯子锯。就这样忙碌了好久，天越来越黑，为了抓紧时间，他没有休息，一直埋头砍树。由于看不太清大树已经被砍到了什么程度，忽然，大树在他不注意的时候自己倒了下来，他躲闪不及，可大树还是压在了他的腿上。鲜血顿时从他的腿上喷涌而出。如果不能及时脱身，那么他很可能就要因为失血过多而死亡。

樵夫用尽力气，试图将腿上的大树推开。可是很快他就发现这简直就是徒劳：一来他已经砍了一天的树，筋疲力尽；二来这大树应该有上吨重。该怎么办呢？他开始用尽力气喊人，结果喊破了喉咙也没有人答应。因为天色已经太晚，山上砍柴的其他人早已下山回家了。再说他今天来的地方又是山林的深处，周围最近的人家也有数公里远，人们根本不可能听到他的呼救声。

　　樵夫意识到，自己在这里拖得越久危险就越大。看到旁边的锯子，他狠下心用锯子朝自己压住的腿上用力锯，钻心的疼痛使他一度晕死过去，可是坚定的意志告诉他不能就这样晕过去，因为一旦昏过去，就意味着流干血液死去。于是忍着剧烈的疼痛，他毫不犹豫地锯断了压在大树下的腿，然后用衣服包好伤口，艰难地爬到了有人居住的地方。

　　他的命保住了，可是那条腿却不可能再接上。不过医生说，如果他当时不能果断地锯掉压在树下的腿及时来到医院，那么他的生命就会因为拖延太长而难以保住。

　　没有什么能比生命更加宝贵，"留得青山在，不怕没柴烧"。我们不能浪费生命，我们应抓紧分分秒秒做有意义的事情。

棉花与黄金

有两个很穷的人，他们既没有一门手艺，也没有属于自己的田地，只能靠上山捡柴为生。

这一天，他们又像往常一样上山去捡柴。捡了半天，才捡够了柴，此时天色已经不早，于是他们挑起柴下山了。

两人在下山途中，忽然发现了两大包棉花，他们很兴奋。要知道，棉花的价值可是比木柴高多了，卖掉一包棉花，比得上他们辛辛苦苦捡一个月的柴火。于是他们放下了辛勤捡来的柴，背着棉花高兴地上路了，两个人都为今天的幸运兴奋不已。

走着走着，一名樵夫眼尖看见路边有一个麻袋。他走上前去细看，发现居然是上等的细麻布，而且有数十匹之多。这名樵夫很是欣喜，于是他跟同伴说："放下棉花吧！咱们改背麻布回家。"

谁知他的同伴居然不同意，那名同伴说："我好不容易背着棉花走了这么远，现在让我丢掉棉花，岂不是让我前面的辛苦都白费了么？"于是他坚决不愿改背麻布。这位樵夫见同伴顽固不化，先发现麻布的樵夫只好独自背起麻布，跟背棉花的同伴继续赶路。

走了一段路后，背麻布的樵夫看见树林中有东西在闪闪发光，于是他上前去查看，谁想发光的居然是数坛黄金。这名樵夫连忙邀请同伴丢掉身上的东西，跟他一起把黄金运回家。可是他的同伴还是不愿意丢下棉花，那人又说："谁知道这些黄金是不是真的，如果我以棉花换来的黄金是假的，那我岂不是什么都得不到了？"他还劝那个发现黄金的樵夫不要这么固执，免得最后竹篮打水一场空。发现黄金的樵夫看同伴还是固执己见，只好把麻布舍弃，用挑柴的扁担挑了两坛黄金回家了。

走到山下的时候，天突然下雨了，四周没有躲雨的地方，两人都被淋了个湿透。不幸的是，棉花吸饱了雨水，变得仿佛如泰山一般沉重，背棉花的樵夫只能舍弃了他背了一路的棉花，空着手和挑着黄金的同伴回家了。

后来，得到黄金的樵夫依靠自己捡来的黄金置办了不少家业，而空手而回的樵夫，还是只能依靠天天捡柴为生。

很多时候，在我们的人生路上，总会遇到一些抉择，而如何抉择，很可能就决定了我们人生的走向。走到人生十字路口时，我们一定要头脑清醒地作出抉择。

扔出去的鞋

在一次外出旅行中，有位老人特意买了一双很漂亮的鞋子，准备作为礼物带回去送给自己的孙子。

因为这鞋子的款式、颜色都是根据孙子的喜好精心挑选的，而且在当地费了很大的周折才买到的，所以老人觉得孙子一定会非常喜欢这双鞋。火车飞快地奔跑着，老人心里也在奔跑，心里一直洋溢着一种喜悦。想着想着，老人便从盒子里取出了鞋子，再一次细致地打量。这里看看，那里看看，翻过来又倒过去，老人对这双鞋子越看越觉得满意。

"不知道它是不是耐用。"老人说着，就在鞋子底儿上捏捏，然后在窗口上轻轻磕了一下。这下可坏了，由于没拿稳，一不小心，那只新鞋子从火车的窗口掉了出去，只剩下一只了。

"这可怎么办？真是可惜了！"周围的人都替这位老人感到惋惜。没想到，老人仅仅犹豫了一下，立即举起了第二只鞋子，把它也从窗口扔了下去。老人的这一举动让周围的人们大吃一惊，周围的人也全都惊呆了。

有人问老人其中的原因，老人很平和地向大家解释说："无论这双鞋多么昂贵，对我而言，丢掉了一只也就不会再具有任何价值了，如果有谁能把这一双鞋子都捡到，说不定他还能穿呢！"

全车人不禁感叹，继而敬佩——老人竟然有如此大度的胸怀。

老人虽然丢掉了那只鞋子，但对于拾到鞋子的人却是一种收获，如果老人没有放弃，那么分别拥有一只鞋子的两个人，这对他们来说都毫无用处。

只有拥有宽大的胸怀和积极的态度，我们的生活才会充满快乐和幸福。的确，与其抱残守缺，不如舍去，或许会给别人带来幸福，同时也使自己心情舒畅。老人这种舍得的做法，令人顿生敬意，也值得我们深思。

成功者善于放弃，因为只有懂得放弃的人，才能最大程度的减少损失，获得成功。

舍　得

　　有位居士向一位得道禅师诉苦："我的妻子非常小气，不但对慈善事业毫不关心，甚至连亲戚朋友遇到困难时也不肯接济。请禅师去我家开导开导她。"

　　禅师就和这位居士来到他家中。果然，居士的妻子十分抠门，见禅师来了，仅仅给禅师倒了一杯白开水，连一点点的茶叶也舍不得放。禅师并不计较，不过，不知为什么，他用两个拳头用力夹着杯子喝水。

　　居士的妻子"扑哧"一声笑了。禅师问她笑什么？她说："师父，你的手是不是有毛病？怎么总是攥着拳头？你不觉得吃力啊！"禅师问："攥着拳头不好吗？我天天这样呢。"

　　"那就真是毛病了，这天天如此，还不成了畸形。"

　　"哦！"禅师像是悄然大悟，伸开手，却又总是张着五根指头，不论是拿是放总不肯合拢。

　　居士的妻子又被他的滑稽模样逗乐了，笑着说："师父，你的手总是这样，是不是真畸形了啊？"

　　禅师点点头，认真地说："总是攥着拳头或总是张开巴掌，其实都是一种畸形。这就如同我们的钱财，若是只知死死攥在手里，总是不肯松开手与人分享，天长日久，人的思想就成了畸形；若是大撒手，只知花用不知储蓄，也是畸形。钱，是流通的，只有流转起来，才能实现它的价值。"

　　居士妻子的脸红了，因为她明白了禅师所做的一切，都是变相批评她的吝啬。道理虽然她知道，但总觉面上不好看，想给禅师出个难题，从面子上赢回来。

　　这时，她家养的一个小猴子跑了进来。她灵机一动，将小猴抱起来，对禅师说："大师你看这小猴子多可爱呀，跟我们人类的模样差不多。"

　　禅师笑道："它比人多了一身毛，如果它没有毛发，倒可以做人了。"

　　居士的妻子说："您法力无边，请想方法让它变成人吧。"

　　居士一边训斥着妻子的荒唐，一边向禅师道歉。谁知，禅师却认认真真说："好吧，我可以试试看。不过，能不能变成人，还是要看它自己。"

　　禅师趁猴子不注意伸手拔了一根猴毛。小猴子痛得吱吱乱叫，从女主人怀里挣脱出来，撒腿就跑，不见踪影。

　　禅师见状，长长叹了一口气，摇着头说："唉，它一毛不拔，怎么能做人呢？舍得舍得，有舍才有得；丝毫不舍，如何能得？"

居士妻子听罢，一下恍然大悟。从此之后，这位居士的妻子果真成了一位为人处世大方，受人称赞的女子。

佛说，舍得就是要"舍迷入悟，舍小获大，舍妄归真，舍虚由实"。如果你能把自己心中的偏执、挂碍、烦恼、悲伤和迷妄都舍去，你就能得到轻松和快乐，你自然就会得到人生一个新的境界。

成长心语 CHENGZHANG XINYU

世间万物，凡有所舍，就能有所得。作为生活在这个世界上的人，我们姑且不谈玄机妙禅，"舍得"又何尝不是人生的真谛呢？

最令人尊敬的经理

　　一开始的时候，艾柯卡在福特汽车公司工作。由于他在销售方面非常有天赋，这使得他的业绩节节攀升，他慢慢从一名普通的员工变成了福特公司的总裁。

　　看见自己的公司被一个极有能力的人所控制，福特公司的老板——福特二世开始担心起来，于是找了个理由辞退了艾柯卡——这个为公司带来卓越业绩的人才。

　　因此，艾柯卡不得不离开了福特这个极好的平台，一开始他还为自己失去了这块蛋糕而闷闷不乐，但后来他的内心却燃起了熊熊烈火，决定从哪里跌倒就从哪里爬起来。纵然自己失去了一个好的平台，但不见得以后就不会遇到更好的机会。

　　于是艾柯卡下定决心，一定要向福特二世和所有人证明自己的才能，一定要取得比在福特公司还要卓越的成绩。

　　在离开福特公司之后，艾柯卡大胆地选择了面临破产的克莱斯勒汽车公司。他在福特原来是总裁，因而到克莱斯勒后也是领导职务。他一上任就对公司实行了大刀阔斧的改革：他首先关闭了几个工厂，又辞退了三十几个

副总裁，解雇了上千员工。一系列的"瘦身"行动为公司节省了很大一笔开支。艾柯卡把有限的资金都花在了最关键和最能发挥作用的地方。

通过市场调查，充分洞察人们的消费心理，于是艾柯卡根据市场需要，以最快的速度推出新型车，从而逐渐与福特、通用三分天下，成功地让克莱斯勒汽车公司"死而复生"，将其缔造成为美国第三大汽车公司。

艾柯卡由此创造了一个震惊美国的神话。

如果当年在福特公司的艾柯卡是福特的"国王"，那么在克莱斯勒的艾柯卡无疑就是美国汽车业的"国王"。这个美国汽车业无与伦比的经商天才，在1984年由《华尔街日报》委托盖洛普进行的"最令人尊敬的经理"的调查中，艾柯卡居于首位。

失去了太阳，可以欣赏到满天的繁星；失去了绿色，得到了丰硕的金秋；失去了青春岁月，我们走进了成熟的人生……正所谓有得必有失，而有失也必有得。不要让自己在失去的悲伤里抬不起头，有时候，你在失去的同时也会收到意外的惊喜。

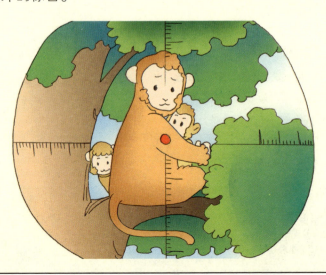

油炉免费送

　　几十年前，美国有一家专门卖煤油和煤油炉的公司，但是销路一直不是很好。那时煤气还没有普及，微波炉、电饭锅等更是还没发明，应当说，在那个年代，煤油炉是一种十分方便、卫生的灶具。可惜当时的美国人还没有认识煤油炉的好处，尽管厂家为此花费了许多广告费，但是煤油炉始终没有被美国人所接受。

　　有一天，公司老板突然把公司的职工召集在一起并分配了一个任务：把公司的煤油炉挨门挨户免费送给周围居民，职工们愣住了：把价格不菲的煤油炉免费送人，难道老板气糊涂了？老板对职工说，我要用这个办法培养我们的顾客。

　　职工们虽然大惑不解，但只能按老板的意思办事。煤油炉免费发送到一定数量，老板下令停止赠送，接下来，奇迹发生了。

　　与当时居民普遍使用的煤炉和柴炉相比，煤油炉无疑具有很大的性价比，那些得到了免费的煤油炉的家庭普遍表示非常实用，这是一个具有号召力的活广告。那些没有得到免费赠送的家庭主妇们，看到煤油炉的优越性，也纷纷前来购买。

一时间，公司门庭若市，煤油炉供不应求。更能让员工们佩服老板的眼光的地方是：购买煤油炉是一次性的，而煤油的消耗却是常年的。煤油炉市场的打开，煤油的市场也跟着打开，公司自免费赠送煤油炉以后出现了欣欣向荣的局面。

免费向居民赠送煤油炉，老板是吃大亏的，但由于免费赠送使居民了解了煤油炉的优越性，从而打开了煤油炉市场，并且带动了煤油的销售，公司最终赚了大钱。

成长心语 CHENGZHANG XINYU

青少年们要知道，这个世界上有个规则：你越想得到，你越得不到。凡事都想赚个够，那是长久不了的。在生活中也是这样，有时看似吃亏的事情，其实我们得到了很多。

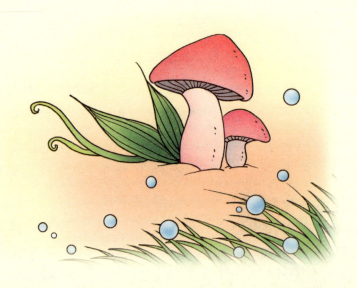

西瓜里的财富秘密

　　有一个青年人，他非常希望自己将来能赚很多钱，因而很羡慕一位富翁取得的成就，于是他跑到富翁那里询问他成功的诀窍。

　　富翁见青年人非常乐于学习，便什么也没有说，转身到起居室拿来了一个大西瓜，青年迷惑不解。只见富翁把西瓜切成了很多块，又单独拿出了大小不等的三块来到青年人面前。

　　"如果这三块西瓜代表一定程度的利益，你会如何选择呢？"富翁一边说，一边把西瓜放在青年面前。

　　"当然是最大的那块！"青年盯着那块大的，想了想如此说道。

　　富翁笑了笑："那好，我们先吃完了再谈！"

　　富翁把最大的那块西瓜递给青年，自己却吃起了最小的那块。青年还在享用最大的那一块的时候，富翁已经吃完了他手里的那一块。接着，富翁不慌不忙地拿起剩下的一块，还故意在青年眼前晃了晃，大口吃了起来。其实，那块最小的和最后一块加起来要比最大的那一块大得多。

　　青年马上就明白了富翁的意思：眼前富翁吃的瓜虽没自己的大，但两块加起来却比自己吃得多。如果每块代表一定程度的利益，那么富翁赢得的利

益自然比自己多。

吃完西瓜，富翁对青年语重心长地说："要想成功就要学会放弃，只有放弃眼前的小利益，才能获得长远的大利益，这就是我的成功之道。"

成长心语 CHENGZHANG XINYU

放弃眼前利益才能获得长远大利，要想成功，要想获得更多，就要先学会取舍，懂得放弃。青少年若想有好成绩，必须要放弃那些干扰自己学习的东西。

硬币的反面是花朵

　　二战的硝烟刚刚散尽时，以美英法为首的战胜国决定在美国纽约成立一个处理世界事务的联合国组织。一切准备就绪之后，大家蓦然发现，这个理论上在全球至高无上、最权威的世界性组织，竟找不到自己的建造之地。

　　若买一块地皮，刚刚成立的联合国机构并没有经费。让世界各国筹资吧，牌子刚刚挂起，就要向世界各国搞经济摊派，容易影响各国的积极性。况且刚刚经历了二次大战的浩劫，各国政府都财库空虚，甚至许多国家都是财政赤字居高不下，在寸土寸金的纽约筹资买下一块地皮，并不是一件容易的事情，因而各国对此一筹莫展。

　　然而就在此时，美国著名的家族财团洛克菲勒家族听说此事以后，果断地出资870万美元，在纽约买下一块地皮，并将这块地皮无条件地赠予了这个刚刚挂牌的国际性组织——联合国。

　　同时，洛克菲勒家族亦将毗连这块地皮的大面积地皮全部买下。

　　对洛克菲勒家族的这一出人意料之举，当时许多美国大财团都吃惊不已，870万美元，对于战后经济萎靡的美国和全世界，都是一笔非常大的数字，而洛克菲勒家族却将它拱手赠出了，并且没有附加任何条件。

这条消息传出后，美国许多财团主和地产商都纷纷嘲笑说："这简直是蠢人之举。"并纷纷断言："这么玩下去不出十年，著名的洛克菲勒家族财团，便会沦落为著名的洛克菲勒家族贫民集团。"

然而，出人意料的是，联合国大楼刚刚建成完工，毗邻它四周的地价便立刻飙升起来，相当于捐赠款数十倍！于是近百倍的巨额财富像决堤的洪水一样源源不断地涌进了洛克菲勒家族财团。这种结局，令那些曾经讥讽和嘲笑过洛克菲勒家族之举的财团和商人们目瞪口呆。

 成长心语 CHENGZHANG XINYU

就像生活，就像感情，过去的，我们总是无限回忆无限追思，却不知，前面的风景更加美好，向前看，才会有所发展有所进步。有舍才有得，只有舍去，才能得到。

幸运的失恋

　　1883年，聪明伶俐的爱丽丝中学毕业，由于家境贫寒，家里无法提供她去巴黎上大学的学费。无奈之下，爱丽丝只好放弃了自己的梦想，到一个乡绅家去当家庭教师。

　　后来，她与乡绅的大孙子詹姆斯相爱了。正当他俩计划结婚时，却遭到詹姆斯父母的反对。詹姆斯父母深知爱丽丝生性聪明，品德端正，可是他们却认为贫穷的爱丽丝与詹姆斯门不当户不对，以詹姆斯富有的家庭背景不能娶像爱丽丝那么贫穷的女人。

　　为此，詹姆斯的父亲大发雷霆，母亲几乎晕了过去。最后，詹姆斯无奈之下屈从了父母的意志。

　　在失恋痛苦的折磨下，爱丽丝曾产生过"告别尘世"的念头。然而，爱丽丝毕竟不是一个平凡的女人，在她的生活中，不单只有爱情，还有亲人和事业。于是，她坚强地振作了起来，放下情缘，刻苦自学，并帮助当地贫苦农民的孩子学习。

　　几年后，当她再次与詹姆斯重逢时，两人进行了最后一次谈话。詹姆斯

依然是那样地优柔寡断，她终于下定决心斩断爱的绳索，远离家乡去巴黎求学。正是因为这一次"幸运的失恋"，造就了她不同凡响的一生。

有的时候，硬币即使翻过来，也是有价值的。

成长心语
CHENGZHANG XINYU

人的一生，有得必有失，有赢必有亏，但得与失并不存在统一标准，因为你可以从失去的事物中有所收获，或是经验或是其他。

点钞比赛

　　在国外的电视上有一个著名的娱乐节目，内容就是数钞票比赛。在这个节目之外，还有另外几个娱乐节目，每个节目都有若干名观众参加，获胜者能得到多至 1 000 元的奖金。

　　"数钞"节目的游戏规则是这样的：主持人拿出一大沓钞票，这一大沓钞票里面，有大小不一的各类币种，按不同顺序杂乱重叠着，在规定的三分钟内，让现场选拔的四名观众进行点钞比赛。这四名参赛的观众中，谁数得最多，数目又不差，那么，他就可以获得自己刚刚数得的现金。

　　主持人将游戏规则一宣布，顿时引起全场轰动。在三分钟内，不说数几万，应该也数出几千来。在短短的几分钟内，就能获得几千块钱的奖励，能不叫人刺激和兴奋吗？游戏开始了，四个人开始埋头"哗哗哗"地数起了钞票。

　　当然，在这三分钟内，主持人是不会让他们安心点钞的，此时会有四名主持人拿起话筒，分别给参赛者出脑筋急转弯的题目，来打断他们的正常思路。主持人让参赛者必须答对题目才能接着往下数。几轮下来，时间就到了，四位参赛观众手里各拿了厚薄不一的一沓钞票。主持人拿出一支笔，让他们写出刚才所数钞票的金额。

第一位，写下的金额是3 256元；第二位，4 982元；第三位，4 562元；第四位，只写下500元。四个观众所数钞票的数目，相距甚远。当主持人报出这四组数字的时候，台下顿时一片哄笑，他们都不理解，第四位观众为什么会数得那么少呢？

这时，主持人开始当场验证刚才四位选手所报的钞票数目的准确性。在众目睽睽之下，主持人把四名参赛观众所数的钞票重数了一遍，正确的结果分别是：3 372元、5 831元、4 879元和500元。也就是说，前三名数得多的参赛观众，全部都数错了。而只有数得最少的第四位才完全正确。按游戏规则，那么也只有第四位观众才能获得500元奖金，而其他的三位参赛观众，都只是紧张地做了三分钟的无用功而已。

看到这样出乎意料的结果，台下的观众先是沉默，继而为第四名的聪明报以热烈的掌声。

这时，主持人拿出话筒，很严肃地告诉大家一个秘密：自从这个节目开办以来，在这项角逐中，所有参赛者所得的最高奖金，从来没能超过1 000元。全场观众若有所悟。

成长心语
CHENGZHANG XINYU

聪明的放弃，其实就是经营人生的一种策略，也是人生的一种大哲理。不过，它需要更大的勇气和睿智。

沙漠抽水机

　　一个人在沙漠里连续行走了三天，并在途中遭遇沙尘暴。一阵狂沙吹过之后，他已认不得正确的方向。正当快撑不住时，一幢废弃的小屋出现在他面前。

　　当他拖着疲惫的身子走进屋内时，发现这是一间不通风的小屋子，里面堆了一些枯朽的木材。他几近绝望地走到屋角，却意外地发现了一座落满尘土的抽水机。

　　这个人兴奋地上前汲水，任凭他怎么抽水，却抽不出半滴水来。

　　他沮丧地坐在地上，可他不经意看见抽水机旁，有一个用软木塞堵住瓶口的小瓶子，瓶子上贴了一张泛黄的纸条，纸条上写着：你必须将水灌入抽水机后才能引水！不要忘了，在你离开之前，请再将水装满！

　　他拔开瓶塞，发现瓶子里果然装满了水！

　　他的内心，此时开始犹豫着：如果自私点，只要将瓶子里的水喝掉，他就能活着走出这间屋子。如果照纸条做，把瓶子里唯一的水倒入抽水机内，万一这台抽水机要是抽不出水，他就一定会渴死在这地方了！

　　到底要不要冒这个险呢？他内心非常纠结。

最后，他决定赌一把，他把瓶子里唯一的水，全部灌入了看起来破旧不堪的抽水机里。以颤抖的手汲水，结果，清凉的水真的大量的涌了出来！他将水喝足后，又给瓶子装满水，用软木塞封好，放在原来的位置。

没有付出就不可能有回报，有时这种付出虽然有极大的风险，但是却能给自己带来巨大的惊喜。不要害怕，勇敢一点，即使失败了，也请相信自己一切都会过去，最终会苦尽甘来。

你不能施舍我一双翅膀

冰冻三尺非一日之寒，要想无坚不摧，就必须勇敢地坚持自己的选择，并为之不断奋斗和努力，一个敢于拼搏的人，最后不管是成功还是失败，他都能谱写出人生最华丽的篇章。

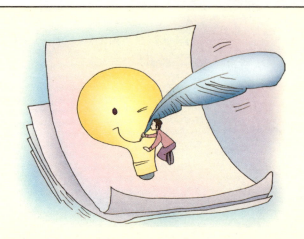

鱼丸大王

　　如果一个人有了坚定的理想，那么即使只给他一条咸鱼，他也能够创造出令人瞩目的奇迹。咸鱼是为了防止鱼肉腐烂才出现的食物，但由于咸鱼的味道并不美味，所以又有人通过再加工而发明了鱼丸。30年前，在南洋的新加坡，就有一个小伙子靠着鱼丸让贫瘠的土地上开出了美丽的花朵。

　　这个小伙子做的鱼丸味道好，因此很受欢迎，没几年，他就有了一笔可观的存款。有几个人看他做的鱼丸好卖，就与他合伙，部分人在家里做，部分人跑到街上去叫卖。这样一来，生意做大了。

　　一天，他看到了一则消息，说日本生产出一种高产量的绞肉机，他决定向银行贷款15万元去日本买设备。

　　"你疯了吗？鱼丸手工就能做，根本没必要去买那么贵的设备。"他的合伙人非常不满。"我们要把眼光往远处看，只有高产量才能赚得更多。"这个小伙子说道。

　　一颗鱼丸卖两毛钱，只赚七分钱。所有人都认为这是一件没必要做的事，简直是往火坑里跳。

　　"既然这样，我们可不陪着你做傻事。"合伙人见他不听劝说，便和他取消了合作关系。

　　几个月后，小伙子从日本买回那套设备。没多久，人们发现他再也没到街上卖过鱼丸。但奇怪的是，他的鱼丸在城市的各个角落都看得见。

　　几年下来，小伙子的鱼丸日产量提高到10吨，还是满足不了市场的需求。20多年过去了，他的鱼丸年产量达到了8 000吨，营业额已经达到3 000多万元。

　　当初那位小伙子，就是今天新加坡最大的鱼丸制造商——有"鱼丸大王"之称的林文才。新加坡《联合早报》对他进行专访时，他说："其实，我只是把鱼丸换了一个量词，鱼丸是一颗颗的，但在我的心里，它是用吨来计算和销售的。"把"颗"改成"吨"，是一个量词上的升级，更是一个创业理念和产业链的升级。

　　一颗鱼丸，在理想的作用下变成了耀眼的明珠，这就是理想的伟大之处。

成长心语
CHENGZHANG XINYU

　　当青少年们身处困境的时候，不要怕，只要你还坚定自己的理想，并为之不断努力，相信美好的明天就一定会来到你面前。

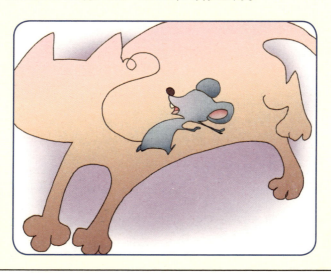

守护双腿

在美国，一个男孩在放学后愉快地奔跑在回家的路上，不小心摔了一跤，当时只是感觉擦破了点皮，裤子上连破洞都没有。可到了夜里，那膝盖开始疼起来。

那年他13岁，是边境线上的男孩子。吃苦耐劳的边疆人是不会对那么小的事情抱怨和在意的。他毫不理会这疼痛，爬上了床。

第二天早上，他的腿疼极了，他已无法去喂牲口了。这天是星期天，全家坐车去镇上了，他一个人留在了家里。当他的父母回来时，他早已上床了，鞋子是从肿胀的腿和脚上割坏才脱下来的。

"你为什么不说呢！"母亲哭了，"快去叫医生来！"母亲用湿布把伤腿包起来，另外又用块湿布放在他滚烫的额头上。当地的老医生看了看那条腿，摇摇头："我想我们得锯掉这条腿了。"

"不！"男孩大叫起来，"我不让你锯，我宁可死！"

"我们等的时间越长，锯掉的部分就越多。"医生说。"不管怎么样，你锯不掉它！"男孩的嗓音变了，此刻任何一个男孩的声音都会变的。

老医生离开了房间。只听到那男孩在叫他的哥哥，接着他们听到那病孩痛苦嚎叫的声音，又高又尖。

"如果我神志不清的话，汤姆，不要让他们锯我的腿，你发誓，汤姆，发誓！"然后，汤姆就站在卧室门口，两臂交叉着。躺在床上的孩子很清楚，他在为他站岗。

两天两夜，汤姆就守在那里，睡在门口的地板上，连吃饭也没离开。热度越来越高，那病孩开始胡言乱语了——他真的神志不清了。可汤姆还是没有退让的迹象，他坚守在那里——他向弟弟许诺过的。医生一次次来，一次次回。

最后，出于一种无助的气愤，老医生大叫一声："你们这是在送他去死！"随后就走出了屋子。现在什么也救不了这个孩子，除非奇迹发生！

第三天早上，当医生又一次路过时，他看到了一个变化：那条肿腿竟消退下去了！即使是在那孩子睡着的时候，家里也总有一个人守护着。

又一个夜晚，那孩子突然睁开了眼睛，他赶忙去看自己的腿脚——肿胀全消下去了。三个星期以后，尽管他变得又瘦又弱，可那眼光却依旧是清澈的、坚定的。他站起来了，靠他的意志。

这位13岁就学会面对生活的男孩，就是以后成为美国总统的艾森豪威尔。

成长心语
CHENGZHANG XINYU

在坎坷的人生道路上，谁满怀凌云壮志，奋发图强，百折不回，谁就在人生领域中脱颖而出；然而那些机械地饱食终日，胸无大志的人只能被困难逼近绝境。青少年们要知道：人生是不断奋斗的过程。面对困难迎面而上，勇于接受挑战的人，往往是最后的赢家。

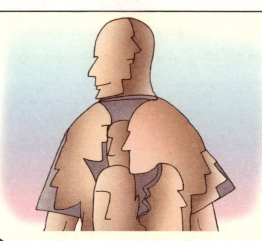

奏响苦难人生

　　有这样一位音乐家：他4岁的时候不幸得了麻疹；7岁那年，他又得了猩红热，差点死掉；15岁时罹患肺炎，必须进行大量的放血治疗；40岁时，因为牙床突然溃烂，几乎拔掉所有的牙齿；之后，牙床还没有恢复完全，他的眼睛又感染了可怕的传染疾病——不幸的事接二连三地发生。

　　50岁之后，他在肠道炎、关节炎与结核等病痛中痛苦的生活着。这些可怕的灾难恶狠狠地吞噬着他的生命。

　　有一天，他忽然吐血，没多久便结束了生命。死后，他的遗体经历了8次搬迁，最后总算入土为安。

　　他的一生，面对过各种常人难以想象的病痛，因而他从小就习惯把自己囚禁起来。他从5岁开始便经常躲在房里练琴，而且一练就是12个小时。12岁时，他举办了首场个人音乐会，并且一夜成名。

　　13岁开始，他便过着流浪的生活，虽然他曾经与5个女人有过爱恨情仇，却一直都得不到真爱。他说："在我的生命里，只有小提琴。这是我唯一的爱。"

　　李斯特在听过他的琴音后惊呼："天哪！在这四根琴弦里，不知道包含了多少苦难、伤痛和受到残害的灵魂啊！"

这个从小就不幸的人就是世界级的小提琴大师帕格尼尼。可以说，他的一生，便是苦难而又精彩的音乐人生。

几乎所有的天才人物都曾遇到过类似于帕格尼尼的磨难，虽然并不是完全相同的磨炼，却打造出相似的人生。是真金就不怕火炼，是宝石最终就一定会发光。

成长心语
CHENGZHANG XINYU

雨果说过，困苦能孕育灵魂和精神的力量。人生的苦难对于这样的历史人物来说，更多的是对心性的锻造。任何苦难都是可以克服的。当你遇到困苦时，请想一想，自己有什么能力去克服。

大师在于勤奋

斯蒂芬·金是国际上著名的恐怖小说大师。他每一天都在重复着同一件事：天刚刚放亮，他就坐在打字机前，开始一天的写作。

斯蒂芬·金的经历十分坎坷，他曾经贫困得连电话费都交不起，电话公司因此而掐断了他的电话线。然而他没有气馁，仍勤奋不辍地写作。后来，他成了世界上最著名的恐怖小说大师，整天高价的稿约不断，常常是一部小说还在他的大脑之中构思着，出版商便已经将高额的订金支付给了他。

如今，他算是世界级的大富翁了，可是，他每一天的日子，仍然是在勤奋的创作之中度过的。

斯蒂芬·金成功的秘诀很简单，只有两个字：勤奋。一年之中，他只有三天的时间是不写作的。也就是说，他只有三天的休息时间。这三天是：生日、圣诞节和美国独立日。

勤奋给他带来的好处是永不枯竭的灵感。上帝似乎对那些勤奋的人总是格外青睐，她会源源不断地给这些人送去灵感。

斯蒂芬·金和一般的作家有点儿不同。一般的作家在没有灵感的时候，就去干别的事情，从不逼自己硬写，但斯蒂芬·金在情节难以为继的情况下，每天也要坚持写五千字。这是他在早期写作时，他的一个老师传授给他的一条经验，他也是这么坚持下去的，这使他终身受益。他说，他从没有过没有灵感的恐慌。

成功来自勤奋，勤奋熔铸未来，未来始于脚下。只有让勤奋坚实前进的步伐，才能踏平坎坷成大道，送走晚霞迎来日出。

通往成功的道路中，勤奋是最短也最有效的途径。现在很多人都在通过各种书籍去寻找成功的技巧，而到了最后他们会发现技巧就在身边，做任何事都是要靠勤奋和执著的。

你不能施舍我一双翅膀

在蛾子的世界里，有一种蛾子名叫"帝王蛾"。

以"帝王"来命名一只蛾子，我们也许会觉得未免太夸张。如若仅仅是以其长达几十厘米的双翼赢得了这样的名号，那的确是有夸张之嫌。

但是，若是你知道了它是怎样冲破命运的苛刻设定，艰难地走出恒久的死寂，从而拥有飞翔的快乐时，你就一定会觉得那一顶"帝王"的冠冕真的是非他莫属。

帝王蛾在幼虫时期其实是在一个洞口极其狭小的茧中度过的。当它的生命要发生质的飞跃时，这道天生的狭小通道对它来讲无疑成了鬼门关。那娇嫩的身躯必须拼尽全力才可以破茧而出。太多太多的幼虫在往外冲杀的时候力竭身亡，不幸成了"飞翔"这个词的悲壮祭品。

有人怀了悲悯恻隐之心，企图将那幼虫的生命通道修得宽阔一些。他们拿来剪刀，把茧子的洞口剪大。这样一来，茧中的幼虫就可以不必费多大的力气，轻易就从那个牢笼里钻了出来。然而，所有因得到了看似好心的救助而见到天日的蛾子都不是真正的"帝王蛾"——它们无论如何也飞不起来，只能拖着丧失了飞翔功能的累赘般的双翅在地上笨拙地爬行！

原来，那"鬼门关"般的狭小茧洞恰是帮助帝王蛾幼虫两翼成型的关键所在，穿越的时候，通过用力挤压，血液才能顺利送到蛾翼的组织中去；唯有两翼有了充足的供血，帝王蛾才能振翅飞翔。

人为地将茧洞剪大，以为能帮助它更好地成长，可谁知蛾子的翼翅就会因此而失去充血的机会，出茧后的帝王蛾此后将永远与飞翔无缘了。

没有谁能够施舍给帝王蛾一双奋飞的翅膀。每一个帝王蛾都不惧怕独自穿越狭长墨黑的隧道，它们不指望一双怜恤的手送来廉价的资助，帝王蛾会将血肉之躯铸成一支英勇无畏的箭镞，带着呼啸的风声，携着永不坠落的梦想，拼力穿透命运设置的重重险阻，义无反顾地射向那寥廓美丽的长天。

我们每每遇到困难，总是期望能有个人能帮自己一把，但是这恰恰正是上苍出的让我们解的题，是对我们成长的考验。你如果能靠着自己的力量克服困难，那你就是强者。

拳王之战

　　刘易斯曾是美国俄亥俄州的拳王。夺冠那年，刘易斯仅仅18岁，身高159厘米。那次夺冠的经历，对他一生都有深远的影响。

　　当时对手30岁，身高179厘米，是连续3年蝉联全州拳击冠军。这位人高马大的黑人拳击手，他的左勾拳令人闻风丧胆。当主持人宣布刘易斯出场挑战他时，全场观众一阵冷笑，给刘易斯的嘘声，比给对手的掌声还多。

　　果然不出观众所料，刘易斯一上场，就被老练的对手一次次击中有效部位，连连得分。不仅如此，刘易斯的牙齿也被打掉了半颗，满脸是血，但却拿对手毫无办法。

　　在中场休息时，刘易斯对教练吉比说，他想中途退出比赛，与其拿鸡蛋碰石头，不如拿鸡蛋去孵只鸡。

　　"不，刘易斯，你能行，你是不怕流血的硬汉，你一定能坚持到最后，我深信你的实力。"吉比教练一个劲地对着他大喊，在教练的鼓舞下，刘易斯又燃起了斗志。

　　比赛再次开始后，刘易斯就豁出去了，他感觉到身体已不属于自己，任对手雨点般的拳头落在身上，发出空洞的响声，他的灵魂似乎已飞出流血的身体，但总有一个声音对他说："坚持，我能坚持！"

终于，对手或许累了，或许是面对刘易斯的顽强开始胆怯了，刘易斯终于熬到了决胜局，他开始了疯狂的反攻。汗水、血水洒遍了全身，模糊了刘易斯的双眼，他只能用意志去击打，左勾拳、右勾拳、上勾拳，一记又一记重拳，朝着眼前模糊的身影击去。

"是的，刘易斯，你能行，你能行的！"他给自己打气说，在最后一刹那，他眼前有无数个高大的影子在晃动，他想，中间那个不晃的影子一定是对手，便对准那一个拼尽力气作致命一击……

当教练吉比抱着他又喊又跳，裁判举起他的手时，他才发现自己赢了，对手已经重重地倒在了台上。

做任何事情都和比赛一样，成功与失败只是一步或半步之差，起决定作用的只是最后那一瞬间。中场退出的人注定无缘冠军的奖杯，成功只会奖赏给坚持到底、永不放弃的人。

生存法则

　　1942年的冬天，盟军的两支部队分别从地中海沿岸和红海东岸，向着驻扎在北非的一个德国军营挺进，任务是从那里的纳粹集中营里救出被关押的500多名英国军人和一些北非土著。

　　当时执行任务的是一支英国军队和一支美国军队。英国军队穿过丛林，渡过尼罗河，一路上风平浪静，没有碰到敌军埋伏，甚至没有野兽袭击，行军非常顺利。

　　美国军队从红海东岸起程，需要穿过一段沙漠，渡过一条没有桥的大河，还需要冲破敌人的两道防线。更令人想不到的是，在突破第二道防线后正准备安营扎寨休整小憩之时，希特勒安置在苏丹东部的一个藏兵营突然向他们扑来。此时，他们已经疲惫不堪了。

　　10天后，盟军按计划拿下了阿尔及利亚东部的德军驻扎点，营救成功。

　　但是谁也想不到，立下这一汗马功劳的不是英军，而是当时已经危在旦夕的美军。当那个藏兵营的德军追上来时，美军早已顺利地完成了任务，并沿着英军的进军路线撤退了。撤退途中他们遇到一个英国士兵，英国士兵告诉他们："我们的部队被一支德国藏兵营突然冲散了……"

"一支强大的军队这样轻易地被……为什么？"美军指挥官斯特罗斯问。

这个英国士兵沉默了，因为他也不知道为什么。当他真正明白其中的缘由时，他已经成了一位老人。

战后他一直在一个山林里过着悠闲自在的狩猎生活，和他相伴的是一只勇猛的猎狗。1962年，他结束了打猎生涯，买了一座庄园，并养起一群鸡鸭，猎狗也成了庄园的一个主人。

两个月后，一向威猛的猎狗开始茶饭不思萎靡不振起来，最多也就是百无聊赖地到庄园中间那个小山丘上逛一圈，然后无精打采地回到它的小房子里继续呼呼大睡，很快就瘦得只剩一堆骨架了。老士兵非常着急，但不知怎样才能改变现状。转眼到了冬天。

一天，一只觅食的苍鹰光临了他们的庄园，低低地在上空盘旋，此时的猎狗突然双目发光，蹿起来冲着苍鹰狂叫，威风极了。那天，狗吃了许多东西。有所醒悟的老兵从山里捕回一只狼，拴在庄园外的一棵树下。从此情况果然变了，只要看到狼，狗便显得非常精神，并且一天天胖了起来。

10年后，猎狗因年事已高死了，老士兵去了日本旅游。他偶然看见几个孩子在玩一个叫作"生存"的游戏：一些卡片上分别有老虎、狼、狗、羊、鸡、猎人等图案，三个孩子各执一副，暗自出牌，虎能通吃，但两个猎人碰一块儿可以打死一只虎，一个猎人能打死一只狼，两只狼碰在一起可以吃掉一个猎人。

老兵想这里面的安排倒也很有道理。

他发现，当每个孩子手里的虎和狼都灭亡后，一只羊就能吃掉一只狗。羊怎么

能吃掉狗呢？老兵不解。

三个孩子认真地说："当然，因为虎和狼没有了，狗正处在一种安逸和放松的享乐状态中，在我们的生存游戏中，此时不但一只羊能吃掉它，两只鸡碰在一起都能将它消灭。"

老兵不禁恍然大悟。

没有了对手和较量，没有了危机和竞争，任何一种东西都会变得萎靡倦怠从而走向颓废，甚至灭亡。

成长心语
CHENGZHANG XINYU

在生活中，若是我们没有了对手，那么我们自己也会慢慢地走向灭亡。有强而有力的对手并不是什么坏事，他们可以让我们成长得更快。

蜘 蛛 人

　　1983年，伯森·汉姆徒手登上了纽约帝国大厦。他在创造了吉尼斯纪录的同时，也赢得了"蜘蛛人"的称号。

　　美国恐高症康复协会得知这一消息，打算聘请他做康复协会的特约顾问。伯森·汉姆接到聘书，打电话给协会主席诺曼斯，让他查查协会里的第1 042号会员的简介。原来，这位创造了吉尼斯纪录的高楼攀登者，本身就是一位恐高症患者。诺曼斯对此大为惊讶，他决定亲自拜访一下伯森·汉姆。

　　在汉姆的住所举行的一个庆祝会上，十几名记者正围着一位老太太拍照采访。原来汉姆94岁的曾祖母听说汉姆创造了一项伟大的吉尼斯纪录，特意从一百公里外的格拉斯堡徒步赶来，她想以这一行动，为汉姆的纪录添彩。谁知这一异想天开的想法，无意间又创造了一个百岁老人徒步一百公里的世界纪录。

　　一位记者问她："当你打算徒步而来的时候，你是否因年龄关系而动摇过？"

　　老太太笑着说："那些小伙子们打算一口气跑一百公里也许需要勇气，但是走一步是不需要太大勇气的。只要你走一步，接着再走第二步，然后一

步再一步，一百公里也就走完了。"

恐高症康复协会主席诺曼斯紧接着问伯森·汉姆："你的诀窍是什么？"伯森·汉姆说："我和曾祖母一样，虽然我害怕400米高的大厦，但我并不恐惧一步的高度，所以我战胜的只是无数个'一小步'而已。"

所有一举成名的背后，都有一个长期积累的过程，每一次大的成功，往往都是由许多已有的、常常为肉眼所看不见的小的成功积累的结果。正好比大厦是由一砖一瓦砌成的，而进步也是一点一滴积累起来的。

成长心语 CHENGZHANG XINYU

大成功是由小成功累积而成，每一个成功的人都是在取得无数的小成功之后，才实现他们伟大的梦想。不放弃，就一定有成功的机会，一旦放弃，就注定失败。不怕艰苦，不懈努力，迎接我们的便将是成功。

总 统 梦

　　1832年的时候，林肯不幸失业了。这虽然使他很伤心，但他下定决心要当政治家，当州议员。然而，他竞选也失败了。在一年里遭受两次打击，这对他来说无疑是痛苦的。

　　接着，林肯又着手自己办企业，可一年不到，这家企业也倒闭了。在此后的17年间，他不得不为偿还企业倒闭时所欠的债务而四处奔波赚钱。

　　随后，坚强的林肯决定再一次参加州议员竞选，这次他成功了。他内心萌发了一丝希望。认为自己的生活有了转机；"可能我可以成功了！"

　　之后，他订婚了，但离结婚的日子还差几个月的时候，未婚妻不幸去世。这对他精神上的打击实在太大了，他心力交瘁，数月卧床不起。就在第二年，他得了精神衰弱症。

　　林肯觉得身体好转了之后，决定去竞选州议会议长，可他又失败了。他不甘心，几年后又去竞选美国议会议员，但这次依然没有成功。

　　林肯虽然一次次地尝试，却一次次地遭受失败：企业倒闭，情人去世，竞选败北。要是你碰到这一切，你会不会放弃？放弃这些对你来说是很重要的事情？

林肯没有放弃，他也没有说："若是再一次失败，我的生活会变成什么样？"1846年，他又一次参加竞选国会议员，这次最后终于当选了。

两年任期很快过去了，他决定要争取连任。他认为自己作为国会议员表现是出色的，相信选民会继续选举他，但出乎自己意料的是，他却落选了。

因为这次竞选他赔了一大笔钱，林肯申请当本州的土地官员。州政府却把他的申请退了回来，上面指出："做本州的土地官员要求有卓越的才能和超常的智力，而你似乎并不完全满足，因而你的申请暂时由你来保管。"

接连的两次失败，在这种情况下你会坚持继续努力吗？你会不会说"我失败了"？然而，林肯没有服输。几年以后，他再次竞选参议员，失败了；又过了两年，他竞选美国副总统提名，结果被对方击败；又过了两年，他再次竞选参议员，还是失败了。

林肯一直没有放弃自己的追求，他一直在做自己生活的主宰。

他的坚持终于给他的生命带来了辉煌：1860年，他当选为美国总统。

林肯面对困难没有退却、没有逃跑，他坚持着、奋斗着。他压根就没想过要放弃努力，他不愿放弃，所以他成功了。

古往今来，凡成大业者，"奋斗"的意义就在于用其一生的努力，去争取。

成长心语 CHENGZHANG XINYU

我们看到了成功人士的风光与辉煌，却不知他们在此之前所进行的艰苦卓绝的努力。在现实世界里，每个人都有梦想，都渴望成功，然而志大才疏往往是阻碍一个人成功的最大的障碍。

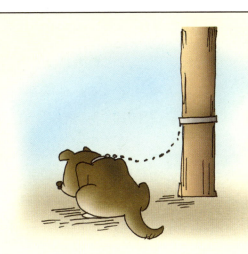

海角七号

　　魏德圣原来是台湾一名名不见经传的小导演，但一部《海角七号》却让他一战成名。他的成功绝不是侥幸的，之前他在电影的道路上已走了很久，付出了很多努力，他的成功可以说是"十年磨一剑"。

　　魏德圣念的是技校，学的跟电影原是八竿子打不着的电机科，但是他对电影有着执著的追求。虽不是电影科班出身，可他打定主意要进影视圈。

　　因为执著于电影的梦想，魏德圣退伍后，进入了一家小型传播公司担任电视节目助理。说是助理，其实就是打杂的，日常工作无非是一些零零散散非常琐碎的事，跟电影并没什么关系。虽然这跟他的梦想相差很远，但他并没有沮丧，他善于从琐碎的工作中学习跟电影有关的知识。因为工作中常能接触到电视剧的制作，所以他开始写剧本，用录影带自己练习拍摄。辛勤努力下，他对电影的认识有了很大的提高。

　　后来他进入杨德昌电影工作室，不过做的还是他的老本行——助理。一个偶然的机会，魏德圣"官升三级"，竟成了杨德昌手下的副导演。可他是个半路出家的电影人，对很多工作都没有什么经验。那时的他天天被杨德昌骂，最后被骂得一见到杨德昌就害怕，但是他没有放弃，而是耐下心来认真地学习，巨大的工作压力让魏德圣学会了很多东西。

离开了杨德昌电影工作室，魏德圣开始自己担任导演来拍电影。虽然取得了一些小成绩，但他在电影圈仍是个名不见经传的小人物。

小人物的道路总是坎坷的，他的辛苦努力没有得到应有的回报，甚至是失业在家一年而无人问津。可是他没有放弃自己的梦想，在最失意的日子里，他也能做到沉着冷静。送老婆上班、回家喂鱼、坐在咖啡馆里写剧本，他没有抱怨生活，而是踏实地继续着自己的生活。

他沉稳地走在自己梦想的道路上，即使是走了很久、走得很累，他仍没有放弃，而是一如既往地向自己的梦想进发。他始终相信：只要自己努力，就一定能得到自己想要的。

多年的努力终于取得佳绩，在台湾电影不景气的时节，一部《海角七号》以4 000万新台币的成本，在台湾狂扫了约4亿新台币的票房，刷新了台湾保持近60年的华语票房纪录。

魏德圣的成功不是侥幸的，而是用无数的努力换来的。他经过多年苦练，才成就了自己的梦想。虽然魏德圣在人生的道路上苦闷过、失意过，但是他没有放弃。正是这一如既往的坚持，他才获得了成功。

CHENGZHANG XINYU

人生就是一个不断努力的过程，即使我们正在遭受苦难和痛苦，只要我们心中有梦想，我们就不要停下脚步。

眼　　光

约翰·甘布士善于抓住机会，因而他总能够战胜逆境，取得成功。

有一次，约翰·甘布士所在地区经济陷入萧条，很多工厂因此而生意惨淡，陷入破产的边缘，店主们大多被迫贱价抛售自己堆积如山的存货，价钱低到一美金可以买到100双袜子。

那时，约翰·甘布士还是一家织造厂的小技师。他马上把自己积蓄的钱用于收购低价货物，人们见到他这股傻劲，都在背后嘲笑他是个蠢材。

但约翰·甘布士对别人的嘲笑从来不放在心上，总是漠然置之，依旧收购各工厂抛售的货物，并租了一个很大的货仓来贮货。

他妻子劝他说，不要把这些别人廉价抛售的东西购入，因为他们历年积蓄下来的钱数量有限，而且是准备用做子女未来的教育经费的。如果他这么干下去，肯定会血本无归，那么后果便不堪设想。对于妻子忧心忡忡的劝告，甘布士笑过后又安慰道："3个月以后，我们就可以靠这些廉价货物发大财。"

过了一个多月后，那些工厂贱价抛售也找不到买主了，便把所有存货用货车运走烧掉，以此稳定市场上的物价。

太太看到别人已经在焚烧货物，不由得焦急万分，抱怨起甘布士来。对于妻子的抱怨，甘布士一言不发。

终于，为了防止经济形势恶化，美国政府采取了紧急行动，稳定了物价，并且大力支持厂商复业。这时，当地因为焚烧的货物过多，反而使得货物欠缺，物价竟一天天飞涨起来。

约翰·甘布士马上把自己库存的大量货物抛售出去，一来赚了一大笔钱，二来使市场物价得以稳定，不致暴涨不断。在他决定抛售货物时，他妻子又劝告他暂时不忙把货物出售，因为物价还在一天一天飞涨。

甘布士平静地说道："是抛售的时候了，再拖延一段时间，就会后悔莫及。"

果然，甘布士的存货刚刚售完，物价便跌了下来。他的妻子对他的远见钦佩不已。甘布士用这笔赚来的钱，开设了三家百货商店。

后来，甘布士成为了全美家喻户晓的商业巨头。他在一封给青年人的公开信中诚恳地说道："亲爱的朋友，我认为你们应该重视那万分之一的机会，因为它将给你带来意想不到的成功。有人说，这种做法是一种类似于疯子的举动，比买奖券的希望还渺茫。这种观点是有失偏颇的，因为开奖券是由别人主持，丝毫不由你主观努力；但这种万分之一的机会，却完全是靠你自己的主观努力去完成。"

CHENGZHANG XINYU

成功有时不仅需要磨砺，有时更需要一种独到的眼光。眼光需要在合适的机会到来时才能发挥用处，且还需要耐心，以等待成功。

龙虾的哲学

　　人生最大的挑战就是挑战自己，自己是最难战胜的。所有成功的第一条件，就是首先要战胜自己。要战胜自己，就必须具备坚定的信念和一往无前的勇气，有了这些，再加上快速有效的行动，在人生的战场上，你将无坚不摧。

　　在海洋深处，一只龙虾与一只寄居蟹偶然相遇，寄居蟹看见龙虾正把自己的硬壳脱掉，露出了娇嫩的身躯。寄居蟹非常奇怪，它关心地问道："龙虾兄弟，你怎可以把唯一保护自己身体的硬壳也脱下呢？难道你不怕有大鱼一口把你吃掉吗？以你现在的情况来看，连急流也可以把你冲到岩石上去，恐怕你不被吃掉也要被撞死啦！"

　　龙虾气定神闲地回答："谢谢你的关心，但是你可能不了解，我们龙虾每次成长，都必须先脱掉旧壳，才能生长出更坚固的外壳，现在面对的危险，只是为了将来发展得更好而做好准备。"

　　寄居蟹细心地想了想：自己整天只找可以避居的地方，而没有想过如

何令自己成长得更强壮，整天只活在别人的庇护之下，难怪永远都难有大的发展。

成长心语
CHENGZHANG XINYU

战胜自己就意味着自己要克服自身的很多性格缺点，比如懒惰、怕吃苦、不敢正视自己的缺陷、害怕竞争和压力等。要有挑战自身极限的胆量、勇气和欲望。每个人都应以坚定的信心和运筹帷幄的胆识，回应生活的种种挑战。每一次战胜自我都会有很多的收获。

茶　香

　　一名屡屡失意的青年人已经对自己的人生彻底地不抱以任何希望，经过朋友的介绍，他慕名来到一座古寺，寻求寺里的老禅师的开导。

　　见到老禅师之后，他声泪俱下地向老禅师讲述了自己的种种不幸，最终沮丧地说："人生总不如意，活着也是苟且，有什么意思呢？"老禅师一直面带微笑静静地倾听着年轻人的叹息和不满。等到年轻人说完，他吩咐身边的小沙弥去烧一壶温水给端过来，仅把山泉烧温和了就好。

　　不一会，温水送来了。老禅师抓了一把茶叶放进了杯子里，然后用温水沏了，放在年轻人的面前，微笑着请年轻人品尝。杯子冒着微微的热气，茶叶在杯中静静地漂浮着。失意地年轻人没有多注意，端起茶杯就喝了起来。

　　只喝了一小口，年轻人就摇摇头说："一点茶香都没有。"老禅师说："这可是闽地名茶铁观音啊，你再尝尝。"年轻人再次端起杯子，尝了一口，然后肯定地说："确实是没有一点茶香呀！"

　　这次，老禅师才吩咐小沙弥去烧一壶滚烫的开水过来。不一会，小沙弥又将开水送来了。老禅师再次将茶叶放进茶杯，并用冒着滚滚热气地开水沏了。只见茶叶在杯子里上下沉浮，丝丝清香不绝如缕，望而生津。

　　年轻人这时不待吩咐，端起茶杯就要喝，却被老禅师阻止了。老禅师提

起水壶又注入了一线沸水。茶叶翻腾得更厉害了，一缕更浓郁、更醇厚的茶香袅袅升腾，在禅房里弥漫开来。就这样，老禅师一共注了6次水杯子终于注满了。

年轻人正在品尝着铁观音的茶香，老禅师笑着问："你知道为何是同样的水源，同样的茶叶，但是味道却差得很多呢？"

年轻人答道："一杯用的是温水，一杯用的是开水。"

老禅师点点头说："用水不同，茶叶的浮沉就不同。温水沏茶，茶叶轻浮水上，怎会散发清香？沸水沏茶，反复几次，茶叶沉沉浮浮，最后才散发出自己的茶香来，自然清香扑鼻。人生又何尝不是如此，那些不经风雨的人，就像温水沏的茶叶，只在生活表面漂浮，根本浸泡不出生命的芳香；而那些饱经风霜的人，如同被沸水冲沏的茶，在沧桑岁月里几度沉浮，才有那沁人的清香。"

如果我们没有经历过苦难的洗礼，那么必然没有勇气去面对成功道路上的种种困难。苦难对于人生来说是一剂良药，它能使我们更加坚强。

成长心语 CHENGZHANG XINYU

要知道，蝴蝶能够翩翩起舞，是因为它经历了破茧成蝶的痛苦。成功的道路是布满荆棘的，需要我们用大无畏的精神去面对。

给别人让路，就是给自己让路

如果你的后花园里有一片玫瑰，那你是否舍得将它们送给别人呢？如果你不愿意，那么或许只是能感受到一种硬生生的花香，而你将玫瑰送人时，留在手上的玫瑰香味却显得更加芬芳迷人。

巴黎还有好人

《百年孤独》的作者马尔克斯在年轻的时候曾经供职于一家报社。1955年，他因揭露海军的军火走私而引火上身，以至于不得不狼狈逃窜，亡命于巴黎。巴黎是富人的天堂，在马尔克斯看来，它却是穷人的一座炼狱。他穷困落魄，举目无亲。

多年以后，他是这样回忆的：当时既没有工作，也一人不识，更是一文不名，更糟的是不懂法语，所以只好待在弗兰德旅馆的一个很小的房间里着急。肚子饿得实在捱不过去了，就出去捡一些空酒瓶或旧报纸，去废品站卖掉，然后换取少量面包。这样的生活他煎熬了整整两年。可他在痛苦的期待和期待后的痛苦中奇迹般地活了下来。

由于马尔克斯实在穷得可怕，仿佛下辈子也还不清长期拖欠的房租了，因此弗兰德旅馆的老板拉克鲁瓦夫妇也许是自认倒霉，倒从来没有向马尔克斯催要过房租。对于这样善良的房东，马尔克斯心里非常感激，但他最后还是不得不一走了之。

后来，马尔克斯时来运转，竟无可阻挡地名利双收起来。1967年，《百年孤独》的出版更使他名扬天下。

一天，春风得意、身处巴黎某五星级饭店的马尔克斯忽然想起了拉克鲁瓦夫妇，那对在他最失魂落魄时帮助过他的人。于是他悄悄来到拉丁区，寻找弗兰德旅馆。旅馆依然如故，只是物是人非，他再也见不到拉克鲁瓦先生了。好在老板娘尚健在，她一脸茫然，根本无法将眼前这位西装革履、彬彬有礼的绅士同10多年前的流浪汉联系在一起。为了让她相信眼前的自己，并且报答当年的恩情，马尔克斯加倍奉还了以前欠下的房租。

再后来，马尔克斯获得了诺贝尔文学奖。拉克鲁瓦太太得知这一消息后惊喜万分。她在报纸上刊登一则寻人启事，诚挚地表示要把那一笔钱归还给他，她觉得也算是对世界文学的一点贡献。

马尔克斯为此又专程前往巴黎看望老人家，而且陪同他前去的是拉克鲁瓦夫妇年轻时的偶像：嘉宝。马尔克斯诚恳地告诉拉克鲁瓦太太："你如圣母一般善良，你没让一个可怜的文学青年流落街头，没有您的帮助我是不会有今天。你和拉克鲁瓦先生让我相信：巴黎还有好人，世界还有好人。"

成长心语
CHENGZHANG XINYU

对那些帮助、支持过我们的人，心存感恩之心，才能使我们的心灵充满阳光。正所谓受人滴水之恩，当涌泉相报，就连马都有垂缰之义，狗也有湿草之恩，身为万物之长的我们更应该心存感恩。

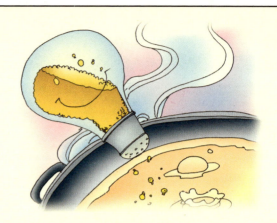

牛奶姻缘

在德国有一个家境非常贫困的男孩，为了筹集大学学费，他挨家挨户地去推销产品。为了尽快筹集够学费，有时一个馒头他都不舍得买。由于一天都没吃东西，因此他感觉又渴又饿。于是，他下定决心，到下一家时不管对方是谁，都要要点吃的。

然而，当他敲开下一家的门时，一个年轻漂亮的女孩站在他的面前，这让他猝不及防，完全失去了开口"乞讨"的勇气，他没敢张口要点吃的，只请求给一点水喝。

细心的女孩当时看出来他十分饥饿，于是给他端来一大杯鲜奶。他再也忍不住了，赶紧将鲜奶喝下，然后问道："我应付你多少钱啊？"女孩微笑着回答："妈妈告诉我，做善事不求回报。"于是，这个男孩说："如果有机会，我一定会报答你们。"当他离开时，不但觉得自己不再饥饿了，而且感觉精神了不少，信心也增加了许多。

三年之后，那个年轻的女孩得了一种非常奇怪而且危险的病，当地医生都束手无策。家人无奈，只好将她送到另一个大城市，以便请名医来诊断她罕见的病情。碰巧，他们找到的名医就是当年的那个男孩。

原来，当年男孩在女孩的鼓励下，他顺利的集齐了学费。之后男孩又出国深造，如今他已经是这家医院的主任医师了，当这个医生听说眼前这个病人来自当年他曾经推销过产品的那个小区时，眼中露出了奇特的神情。他立刻换上工作服，走进了那个女孩所在的病房。他一眼就认出了那个女孩。他立刻回到诊断室，下决心尽最大的努力来挽救她的生命。

经过一段时间的不懈努力，他终于让女孩起死回生了。出院时，女孩根本不敢想象医疗费用，这恐怕是她一辈子也还不清的债务，因为她们家里也只是平常人家。当她的家人到医院住院部结算时，住院部的人告诉她，他的所有费用都已经结清了，而且还有人送给女孩一个便签，上面写道：一杯鲜奶足以付清全部的医药费。

当家人把这张纸条送到女孩手中时，女孩感动得留下了泪水。

更令所有人惊喜和意外的是，不久以后，男孩和女孩两人从此相爱了。

"滴水之恩，当以涌泉相报。" 对于需要帮助的人，不要先算计他会回报我们什么，享受助人的快乐，结交真诚的朋友，才是人生的最高境界。

你笑它也笑

一只流浪狗因为偷吃了一户人家厨房里的食物，被这户人家的男主人一路追打。流浪狗一路狂奔，终于摆脱了那人的追赶。结果，它只顾着跑，却不小心闯进了一间四面都镶着玻璃镜的屋子。

极其狼狈的流浪狗突然发现房子里闯入了很多一样的狗，不禁感到大吃一惊。于是便冲着镜子里的狗龇牙咧嘴地表达自己的不满，而且还示威性地发出阵阵低沉的怒吼声。镜子里所有的狗看来也都十分凶恶，每只狗都以同样愤怒的表情回击着这只流浪狗。

看到所有的狗都龇牙咧嘴地朝着自己怒吼，势单力薄的流浪狗不禁感到十分害怕，不知所措的它只好不停地绕着屋子乱跑，可是它发现，镜子中的那些狗也开始像疯了一样乱跑。流浪狗害怕它们发动集体进攻，于是急忙夹着尾巴跑出了屋子。

此后，它再也没有来过这个屋子，因为它觉得自己在这里得到的只有敌意，同时它还为自己的处境感到非常难过，因为无论在哪里它都感觉不到丝毫的友好和温暖。

之后，另一只躲避风雨的流浪狗也走进了这间屋子，它也在无意之中发现了这间四面都镶着玻璃镜的屋子。这只流浪狗进到屋子里看到有那么多的狗，它为自己有了更多的伙伴感到很高兴，它想，以后的日子里，自己不用再孤零零的了。这样想着，它朝着镜中的其他狗摇了几下尾巴，然后它看到，镜子中所有的狗也朝着自己友好地摇了摇尾巴。虽然此时这只流浪狗又冷又饿，但是因为有了这么多的新伙伴，它的内心却是过去从未有过的温暖。

等到它醒来的时候，屋外已经是雨过天晴。看到屋子外明媚的阳光，有了更多"伙伴"支持的流浪狗觉得自己充满了力量。于是，它满怀信心地出去寻找食物。从那以后，这只流浪狗几乎每天都要在这间无人居住的屋子里休息一段时间，有时它来这里只是纯粹为了看望那些"友好的伙伴"。

如果你态度恶劣地对待周围的环境或人，那你将面对的只能是恶劣的环境或对自己态度恶劣的人们。试着对他们更主动地表达你心中的善意，情形必会有所改善。

你以怎样的态度对待别人，别人也会以怎样的态度对待你，要是你能友善地对待他人，周围的人必然也会回报给你同样的友善。

感恩节的礼物

有对夫妇生活得非常贫穷。这一天是重大节日——感恩节，但他们连饭都吃不上，不知道在这样一个重大的日子里究竟有什么值得他们感恩的。贫贱夫妻百事哀，这对夫妻刚起床就争吵起来，双方越来越激烈的争吵，让他们的小孙子感觉到十分痛苦和无助。

然而，奇迹就在此时出现了……

有人敲门，男孩跑去开。只见门外站着一个身材魁梧的人，他穿着一身皱巴巴的旧衣服，脸上却挂着笑。孩子很快就发现了他手中的篮子，那里面装满各种节日必备的食物：一只火鸡、塞在里面的配料、厚饼、甜薯及各式罐头，还有一瓶不知名的甜酒呢！

一家人顿时都愣住了，不知说什么好。这时候来人说道："这份东西是一个人让我捎过来的，他知道你们需要这些。他希望你们知道还有人在关心你们。"男孩的爸爸起初还极力推辞，不肯接受这份礼物，但那人却说："好了，我也只不过是个跑腿的。"然后，带着微笑说了一句"感恩节快乐"就把篮子交到小男孩的手里转身离去了。

从那一刻起，小男孩的内心发生了极大变化，那一篮子的礼物仿佛一粒爱的种子，让他知道人生要充满生活的希望，总会有人送来温暖。那一天，他无比感动，发誓日后也要以同样方式去帮助其他需要帮助的人。

长大后的男孩，通过努力，有了一份不错的工作。他把那粒爱的种子放在了自己的心里。每年到感恩节的时候，他都会找几户特别需要帮助的人家把礼物送去。

他还记得，当他到达第一家，敲开那破落的房门时，前来应门的是位拉丁妇女，带着一种不解和提防的眼神望着他。她有四个孩子，数天前丈夫无情地抛弃了他们不告而别，她正陷在深深的绝望中。

年轻人开口说道："我是来送货的，女士。"

然后他转过身子，拿出装满食物的口袋及盒子，里头有一只火鸡、配料、厚饼、甜薯及各式的罐头、饼干、奶粉。看到这些，那女人愣在那里，而孩子们则个个高兴地拍着手。

忽然这位妈妈用生硬的英语激动地喊着："天呐！你一定是天使！你一定是上帝派来的！"

年轻人不好意思地说道："不是，我只是个送货的，是一位朋友知道你们需要帮助，就让我送来这些东西。"离开前，他把一张字条和那份礼物一起交给了那位妇女。

纸条上写着："我是你们的一位朋友，愿你们一家能过个快乐的

感恩节。今后你们若是有能力，也希望像这样把礼物转送给其他需要帮助的人。"

也许有人会说，施恩那是富人的特权，感恩是九死一生后的回报。其实不然，巨额的捐赠和生死一线的救援只是恩情给予和回馈的冰山一角。

成长心语 CHENGZHANG XINYU

感恩与施恩基于细节，而升华于群体。感恩与施恩是一种生活态度，是一个微笑，一次成全，一个铭记等点点滴滴汇成的感动。

治病的良药

在一个小镇上，住着一名有无数财宝的富翁，他虽然很有钱，但是为人却很吝啬和小气。他有一些农场，他经常会找各种理由去克扣工人们的工资。小镇上的人都对他非常不满。但是他毫不在意，他认为只要自己能多赚钱就够了。

有一天，他的孙子突然患了疾病。他到处寻访名医，也吃了很多珍贵的药，但是孙子的病却丝毫没有起色，这让他焦急万分。

这一天，门口来了一名教父，自称能够治病。富翁立刻把他请了进来。教父告诉他，只要他把自己数不清的金币和粮食多分一些给当地的老百姓就能够得到上天的赐福，他孙子的病也就能好起来了。

富翁心里虽然很不乐意，但是为了孙子的病，他也只能照做。

于是他马上吩咐仆人，把粮食分给镇上穷苦的百姓，给那些穷困潦倒的人分发衣物，给予钱财。镇上的人虽然不明原因，但是也都去领取。富翁看着自己的粮食和金币每天都往外送，心里如刀割般疼痛，可是孙子的病情还是没有好转。富翁开始犹豫，是不是要继续做下去？

这个时候，教父又出现了，富翁向他抱怨说："我都花了那么多钱了，为何我孙子的病还是不见好转呢？"

教父说："这是你心不诚造成的，你在做好事的时候，想着的不是帮助穷苦的人，而是为了孙子的病情。如此不真心，上帝怎么会赐福于你呢？你在做好事的时候，心里面并不是情愿的。"

教父的话如重拳一般击在富翁的心头，经过长时间的思考，富翁决定改变自己。于是他不仅拿出更多的金币分给穷苦的人，还亲自骑着马去给他们送钱。不仅如此，他还造桥铺路，造福乡里。当他看到镇上的人眼里流露出感激神色的时候，他的心里也获得了喜悦。这个时候，他才感受到了帮助别人是一件多么快乐的事情。回头再想想以前那些盘剥他人的日子，富翁觉得万分羞愧。

由于长期做善事，富翁的名声传了出去，到处都是一片颂扬之声。后来，外地有一名医术高超的牧师听说了富翁孙子的病之后，主动前来医治，不久，孙子就痊愈了。

CHENGZHANG XINYU

给予与索求是对立的，而在某种意义上来说，又是一体的，因为当我们无私地给予他人帮助的时候，对方也会回报给我们相应的东西。

小姐与黑人

在爱丁堡的一家餐馆里，一位美丽的小姐买了一碗汤，并让服务员帮忙加了几片胡萝卜。小姐刚坐下后却突然想起忘记了拿面包。

于是她起身取回面包，又重返回餐桌。然而令她惊讶的是，自己的座位上正坐着一位略显邋遢的黑人男子，而他正在喝着自己的那碗汤。

"这个无赖，他无权喝我的汤！"美丽的小姐气呼呼地在心底咒骂着。

"可是，也许他太穷了，太饿了。我原谅他。不过，也不能让他一人把汤全喝了。"

于是美丽的小姐一副若无其事的样子，与黑人同桌，面对面地坐下，拿起了汤匙，不声不响地喝起了汤。

就这样，一碗汤被两个人共同喝着。你喝一口，我喝一口，仿佛在有意对抗一般。两个人互相看看，都默默无语。

这时，黑人突然站起身，从那边端来一大盘面条，放在她面前。美丽的小姐注意到，面条上插着两把叉子。

这位小姐一看，心里想道："你既然喝我的汤，我也可以吃你的面条。"于是，她微笑了一下，拿起叉子不客气地吃起来。

两个人继续吃着，吃完后，各自站起身，准备离去。

"再见！"美丽的小姐友好地说。

"再见！"黑人热情地回答。他显得特别愉快，感到非常欣慰。

黑人走后，美丽的小姐这才发现，旁边的一张饭桌上，放着一碗无人喝的汤，那个汤里还有她刚才要的三片胡萝卜，正是她自己的那一碗。

此时这位美丽的小姐心里又是感动又是羞愧，因为刚才那个黑人说的那一声充满了欣慰的"再见"。

在生活中能与人分享也是一种享受。其实这种分享是一种人世间友爱与帮助的美丽赞歌。

CHENGZHANG XINYU

我们常常会抱怨这个世界太冷漠，没有温情。其实只要每个人都发自内心的多做一点，而不是存心索取，不仅世界更美好，连我们自己也会觉得快乐。

给别人让路，就是给自己让路

　　一位绅士过独木桥，刚走几步便遇到一个孕妇。绅士很礼貌地转过身回到桥头让孕妇过了桥。孕妇一过桥，绅士又走上了桥。走到桥中央又遇到了一位挑柴的樵夫，绅士二话没说回到桥头让樵夫过了桥。

　　第三次绅士再也不贸然上桥，等独木桥上的人过尽后，才匆匆上了桥。眼看就到桥头了，迎面赶来一位推独轮车准备去卖鱼的渔夫。绅士这次不甘心回头，便摘下帽子，向渔夫致敬："亲爱的渔夫先生，你看我就要到桥头了，能不能让我先过去。"

　　渔夫不同意，把眼一瞪，说："你没看我推着独轮车急着要去赶集吗？怎么回头？"结果话不投机，两人争执起来，这时河面上漂来一叶小舟，舟上坐着一个胖教父。

　　教父刚到桥下，两人不约而同请教父为他们评理。教父双手合十，看了看渔夫。问他："你真的很急吗？"渔夫答道："我当然很着急，刚捕的鱼若不能及时在集市上卖掉，就都是死鱼那更卖不掉了。"

　　教父说："你既然急着去赶集，为什么不尽快给绅士让路呢？你只要退那么几步，绅士便过去了，绅士一过，你不就可以早点过桥了吗？"

渔夫一言不发，教父便笑着问绅士："你为什么要渔夫给你让路呢，就是因为你快到桥头了吗？"

绅士争辩道："在此之前我已经给许多人让了路，如果继续让渔夫的话，便过不了桥了。"

"那你现在是不是就过去了呢？"教父反问道："你既然已经给那么多人让了路，再让渔夫一次又如何，即使过不了桥，起码保持了你的绅士风度，何乐而不为呢？"

绅士听了教父的话，恍然大悟，然后给渔夫让了路。渔夫便很高兴的推着独轮车走了。

之后，在一个雨天，这位绅士又来到这座桥，当他走在桥上再次给人让路时，不小心掉下了桥，而桥下的水很深，绅士又不会游泳，路人也没有一个会游泳的，只有大呼小叫，丝毫没有办法。

在水中挣扎的绅士正当其感到死亡马上就要将自己带走时，一双有力的大手将其托起，放在一艘渔船上。得救的绅士一看，救他的正是当日他给让路的渔夫。

人生旅途中，我们是不是有过类似的遭遇呢？其实给别人让路，也就是给自己让路！给双方创造一个美好的世界。生命中存在着无数烦人的问题和不公的抱怨，对待这些烦恼和抱怨我们始终要怀着快乐之心，也是给自己创造一份快乐。

救　　险

　　芬兰是著名的捕鱼大国，在一个小渔村里，人们出海捕鱼的时候都需要配备一个简单的求救装置，以便在遇到危险的时候向设在岸上的接受总台发出求救信号并报出船只遇险的大概位置。负责救护的人员由渔村里不出海的人轮流担任。

　　一天傍晚，总台的警报灯又亮了，据仪器显示：远在500海里之外的一艘船遇到了危险。依照惯例，这回轮到小伙子罗姆尼和汤姆逊驾船前往营救。

　　村里的人们把小机动船抬上大船，两人准备出发了，罗姆尼的老母亲悲痛地拉住儿子的手哭道："孩子，你父亲就是这样去救人时死的，你哥哥出海已快半个月了，还不见回来的影子，恐怕也是凶多吉少。昨天又预报今天海上会有风暴，你要是再遇上个三长两短，叫我怎么活呀！"

　　小伙子一心只想着去救人，他安慰了母亲几句，就挣脱母亲的双手，然后上了救援船。

　　罗姆尼和汤姆逊驾船来到距出事地点约20海里的地方，便遇到了风暴，汤姆逊说："这个鬼天气去救人，只有找死，咱们还是回去吧，就跟村里人说咱们没发现遇险的船只，反正他们也不知道啊！我们在这样的天气里去救

人，只是死路一条！我可不想让我年迈的母亲为我悲痛欲绝！"

说完，汤姆逊开始掉转船头。"不，救人要紧，马上快到出事地点了，为什么不去呢？从前别人不也是在这种情况下救过你吗？"罗姆尼不同意返回。"你去死吧，你想让你妈变成孤寡老人。"汤姆逊诅咒道。

罗姆尼只好放下大船上的小机动船，独自驾着小船赶往出事地点。两天后，前去救人的大船破败不堪地被海潮送回渔村旁的海岸，船上空无一人。罗姆尼的老母亲得到救援船出事的噩耗，顿时昏了过去。

三天后，奇迹出现了，一艘小船从晨雾中向渔村驶来，船头站立着一个人。"那不是罗姆尼吗？"村里人高兴地大喊。"噢——是我，罗姆尼。""谢天谢地，这下罗姆尼母亲有救了。"人们高兴地议论着。

罗姆尼在船头兴奋地舞动着衣服大声喊道："我哥哥就在那艘遇险的船只上，我救回了我哥哥。"

真诚的帮助别人能驱散人和人之间隔阂、冷漠和无情的阴霾，真正互助友爱的世界是一个温馨、热情、柔软的天堂，而尔虞我诈、各扫门前雪的社会是最寒冷的地狱。

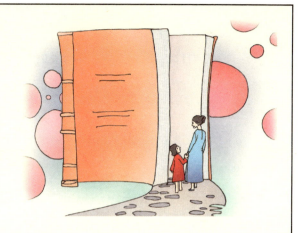

爱的注视

　　今年已经三十五岁的安娜，一年前由于一次医疗上的意外事故，突然失去了视力，从此被抛入黑暗、愤怒、沮丧和对自己的怜悯之中。她觉得整个世界都是灰暗的。

　　阴云笼罩着安娜曾经乐观的心灵。每一天，她都在痛苦沮丧与疲惫不堪中度过，而她唯一能依靠的就是她的丈夫鲍尔斯。

　　鲍尔斯是一名空军军官，虽然安娜受伤了，但他依旧深深地爱着安娜。当看到失明令安娜那么沮丧与痛苦时，他便决心要帮助妻子鼓起勇气与信心去开始新的生活。

　　最终，安娜感到自己可以回去上班了。可她该如何到那儿去呢？正如鲍尔斯所预料的那样，安娜害怕再搭公交车。"我是个瞎子！"她愤怒地说，"我怎么知道自己到了哪儿？我想你是嫌我累赘了，想扔下我不管了！"

　　安娜的这番话让鲍尔斯的心都要碎了，但他知道什么是必须做的。他向安娜保证每个早晨和晚上都会陪她一块乘车，接送她，直到她完全能够自己应付这些事为止。事情就按照鲍尔斯所说的那样开始了。接下来的整整两个星期，鲍尔斯身穿制服，每天都同安娜一起搭车。

　　每天早上他们一起出发，把她送到地方以后，鲍尔斯再乘出租车去自己的办公室。终于在一个星期一的早上，安娜离家前，伸出胳膊搂住鲍尔斯——她的同伴、她的丈夫、她最好的朋友。她的眼睛里充满了泪水，为鲍尔斯的忠诚、耐心以及对她的深爱而深深感动。她对他说再见之后——这么长时间以来——他们第一次各自走各自的。

星期一、星期二、星期三、星期四，每一天安娜都很顺利，她以前从没感到这样好过。她成功了！她终于可以自己去上班了！

星期五早上，安娜像往常一样坐车去上班，当她付车费时，司机说："孩子，你真是个幸福的女人"

司机的话让安娜感到纳闷，于是她反问道："你这是什么意思？"

司机说："你知道吗？每个阳光明媚的早上，在你下车时，都有一个穿一身军装，长得很帅的小伙子站在拐角对面的街上注视着你。在确定你安全地穿过街道并走进办公室以后，他会向你的方向抛一个飞吻，然后才转身离开。你真是一个幸运的女人。"

成长心语 *CHENGZHANG XINYU*

没有什么东西比爱更能治疗灾难后的痛苦。哪怕对方看不到，听不见，当我们从心底发出真正的爱时，对于他来说就会那么清晰，那么动听。

老 木 匠

　　有一个老木匠，手艺很好，以前他都是在村子里给同村的人做做家具。改革开放以后，城里的一家家具城将其聘过去当师傅，他出色的手艺让老板赞叹不已，给了他更高的的薪酬。就这样，他就一直在这家家具厂里做了下去，这一做就是40年。

　　在他65岁的时候，他向老板提出辞职，以安享晚年。

　　老板对他说："您老人家对我们的工厂贡献很大，我真的舍不得让您老离开。不过您确实到了该在家安享晚年的时候了。这样吧，您在离开工厂之前，再为我打造一套12套件的高级组合家具好吗？"

　　他答应了老板，但是他的心思全不在打家具上，一心想着退休后的安逸生活，并且心里非常的失望："我都干了那么长时间了，这临走还要再使唤我一把。"

　　老板这一次似乎是要送人，他花了很多的钱买了很多高级的材料，为了赶快做完，老木匠在打造的过程中，偷工减料，减少程序，打造的家具很粗糙，样式好看但肯定不耐用。

　　家具打完之后，老板当着大家的面宣布："张师傅，您在我厂工作多年，贡献很大，这是我送给您的礼物，做个纪念吧！"

老木匠顿时呆住了，如果早知道这是送给自己的，他怎么也不会这样粗制滥造啊，同时，自己的脸也悄悄地红了。

成长心语
CHENGZHANG XINYU

有一句话说得好，助人就是助己。生活中，老天不会告诉你这一点，但是只要我们带着这样的一颗心去感受这个世界，能不收获美好吗？

挑灯笼的盲人

在一个夜里,一个远行寻佛的苦行僧走到了一个荒僻的村落中,漆黑的街道上,回家的村民们络绎不绝。

苦行僧转过一条巷道,他看见有一团昏黄的灯从巷道的深处静静地往这边移过来。身旁的一位村民告诉他说:"李瞎子过来了。"

瞎子?苦行僧愣了,他问身旁的一位村民说:"那挑着灯笼的真的是一位盲人吗?"

"真的是一位盲人,他什么也看不见的。"那人肯定地告诉他。

苦行僧百思不得其解。一个双目失明的盲人,他没有白天和黑夜的概念,他看不到高山流水,他看不到柳绿桃红的世界万物,他甚至不知道灯光是什么样子的,他挑那一盏灯岂不是多余。

那灯笼渐渐近了,昏黄的灯光渐渐地从深巷移游到了僧人的身上。

于是百思不得其解的苦行僧赶忙问道:"恕贫僧冒昧,敢问施主真的是一位盲者吗?"那挑灯笼的盲人告诉他:"是的,从踏进这个世界,我就一直双眼混沌,世间万物之色与我无缘了。"

苦行僧又问:"既然你什么也看不见,那你为何还在晚上挑一盏灯笼呢?这令人百思不得其解。"盲者说:"我们这个村子里晚上没有灯光,那

么相当于满世界的人都和我一样是盲人，所以我就点燃了一盏灯笼。"苦行僧若有所悟地说："原来你是为别人照明呀！"那盲人却说："不，我是为自己！"

"为你自己？"苦行僧又愣了，问道："此话怎讲？"盲者缓缓向僧人说："你是否因为夜色漆黑而被其他行人碰撞过？"行僧说："是的，就在刚才，我还被几个孩子碰撞过。"盲人听了，深沉地说："但我就没有。虽说我是盲人，我什么也看不见，但我挑了这盏灯笼，既为别人照亮了前进的路，也更让别人看到了我自己。这样，他们就不会因为看不见而碰撞我了。"

苦行僧听了，顿有所悟，仰天长叹道："老衲天涯海角奔波着找佛，没有想到佛就在我的身边。佛性就像一盏灯，只要我点燃了它，即使我看不见佛，但佛却会看到我。"

CHENGZHANG XINYU

常言道：与人方便，自己方便。只有为别人点燃生命的灯，才能照亮我们自己。这样在生命的黑夜里，我们才会觉得更温暖。

哪碗鸡蛋多

　　一天早晨，父亲做了两碗荷包蛋的面条，一碗面上边有一个诱人的荷包蛋，另一碗面则什么也没有。端上桌，父亲笑着问儿子道："儿子，你挑哪一碗？"

　　"有蛋的那一碗！"儿子指着卧蛋的那碗说道。

　　"让爸爸吃那碗有蛋的吧。孔融7岁能让梨，你10岁啦，该让一让了。"

　　"孔融是孔融，我是我。不让！"

　　"真不让？"

　　"真不让！"儿子一口就把蛋给咬了一半。

　　父亲道："不后悔？"

　　"不后悔！"儿子说罢又是两口，把蛋吞了下去。待儿子吃完，父亲开始吃。没想到父亲的碗底藏了两个荷包蛋，儿子这下傻眼了。

　　父亲指着碗里的荷包蛋告诫儿子说："记住，想占便宜的人，往往占不到便宜。"

　　第二天，父亲又做了两碗荷包蛋面条，一碗蛋卧上边，一碗上边无蛋。端上桌，问儿子："吃哪碗？"

　　"孔融让梨，我让蛋。"儿子赶紧端起了那碗无蛋的。

　　"不后悔？"

　　"不后悔。"儿子说得坚决。可儿子吃到底，也不见一个蛋，倒是父亲的碗里上卧一个，下藏一个，儿子又傻了眼。

　　父亲指着荷包蛋教育儿子说："记住，想占别人便宜的人，可能要吃亏。"

　　第三天，父亲又做了两碗荷包蛋面条，还是一碗蛋卧上边，一碗上边无蛋。父亲又问儿子："吃哪碗？"

　　"孔融让梨，儿子让面——爸爸您是大人，您先吃。"儿子诚恳地说。

　　"那就不客气啦。"父亲端过上边卧蛋的那碗，儿子发现自己碗里面竟藏着三个荷包蛋。

CHENGZHANG XINYU

　　很多时候，我们越是想占别人的便宜，结果越会适得其反。有句老话叫作"聪明反被聪明误"想来就是这个道理。

钓鱼高手

两个钓鱼高手一起到池塘边去垂钓。

这两人各凭本事，一展身手，隔了没多久的工夫，皆是收获颇丰。

忽然间，池塘附近来了十多名看热闹的游客。看到这两位高手轻轻松松就把鱼钓上来，心里十分羡慕，于是都到附近去买了一些钓竿来钓鱼。

没想到，这些不擅此道的游客们都是鱼饵被吃了，但却没见到鱼。于是这些游客们就纷纷向这两位钓鱼高手请教。

话说那两位钓鱼高手的个性相当不同。其中一人孤僻而不爱搭理别人，单享独钓之乐。他见人来问，死活也不肯透漏半点。

另一位高手却是一个豪爽、大方，喜欢交朋友的人。他见人来问，就说道："我可以毫无保留地将秘诀传授给你们，但是有一个条件：如果你们学会了我传授的诀窍，钓到一大堆鱼时，每十尾就分给我一尾。不满十尾就不必给我。"

双方一拍即合，都很同意。

教完这一群人，他又到另一群人中，同样也传授钓鱼术，依然要求每钓十尾回馈给他一尾。

一天下来，这位热心助人的钓鱼高手把所有时间都用在了指导新手钓鱼

身上，但获得的竟是满满一大篓鱼，还认识了一大群新朋友，同时，左一声"老师"，右一声"老师"，备受尊崇。

另一个高手则显得很落寞了，当大家围绕着他的同伴学钓鱼时，他就更显得孤单落寞。闷钓一整天，检视竹篓里的鱼，收获也远没有同伴的多。

在生活中，我们都希望得到别人的支持和理解，更希望得到别人的关心。我们帮助别人也等于帮助自己。

CHENGZHANG XINYU

我们都处于一个大集体中，每个人都不可能孤立地存在着，有时候，我们也需要别人的帮助，而在这个时候站出来帮我们的往往就是那些我们曾经帮过的人。

不做失去方向的巨人

　　青少年们或会问："人为什么而活着？"
答案其实就两个字：理想。人若没有理想，就
像是没有风帆的一只船，只能在浩浩荡荡的大
海中飘摇不定，而到不了我们想到达的彼岸。

最赚钱的地盘

我国著名的音乐家谭盾先生刚到美国的时候为了维持生计，曾在街头拉过小提琴。由于他本身就非常的热爱拉小提琴，因此他并不觉得在街头拉小提琴是一件多么难为情的事情。

由于这种街头艺人在美国遍地都是，因此光有实力是赚不了钱的，只有选对了地段，才会有人捧场，才会赚钱。

在街头拉琴维持生计的时候，谭盾认识了一位黑人琴手，他们一起找到了一个黄金地段——一家著名的银行门口。那里每天都有大量的人流，所以谭盾和黑人琴手每天都能有不错的收获。

一段时日之后，谭盾靠着省吃俭用和卖艺攒下的钱，想进入音乐学校进修，于是谭盾和黑人琴手道别。

进入音乐学校，谭盾拜师学艺，还结识了许多琴技高超的同学。在学校的那段时间，谭盾从来不敢浪费时间，把自己所有的时间和精力都倾注在提升音乐素养和琴艺之中。虽然在学校里谭盾没有像以前在街头拉琴那样有钱，但他着眼长远，并不在乎现在能赚多少钱。

10年后，谭盾成为了一名世界知名的音乐家。一次，他偶然路过以前自己卖艺的那家银行，发现昔日老友黑人琴手仍在那"最赚钱的地盘"卖艺。

看着黑人琴手一副满意和得意的样子，谭盾走了过去。黑人琴手发现当年的好友出现，很高兴地问："好久没见啦，你现在在哪里拉琴啊？"

谭盾说了一个很有名的音乐厅的名字，黑人琴手反问道："那家音乐厅的门口人也很多吗？"谭盾无奈地笑了笑说："还好，生意还行！"谭盾没有向那位黑人说明：自己早已告别了街头卖艺，而是在那家音乐厅里举办个人表演。

10年的时间，使得两人的境遇发生了天壤之别。黑人琴手和谭盾一样努力，只是他是努力地拉琴，努力地保卫自己那块赚钱的地盘，而谭盾选择了进一步深造。不同的选择造成了不同的人生，最终结局也不同。

"士别三日，当刮目相看。"我们不仅在看人的时候要用一种发展的眼光来看，而且自己更要有一种不断努力和奋斗的意识；否则，我们就像是在逆水行舟，不前进，只能被水冲向后面。

翻山越岭的残疾人

英国伦敦有一个叫斯尔买的残疾人，虽然他连走路都困难，但是在他28岁时就几乎已经翻越了世界上所有险峻的高山。

我们不禁要问：是什么力量促使一个手脚残疾的青年翻越了很多健康人都无法翻越的高山呢？原来在斯尔买小的时候，他的父母在翻越一座高山时由于遭遇暴风雪而不幸遇难。

当时父母留下遗嘱，希望小斯尔买能替他们继续完成这未了的心愿。是父母的遗愿促使小斯尔买确定了自己的人生目标——去翻越世界上的所有高山。正是在这个目标的驱动下，斯尔买在自己的人生航线上不断努力，进而在28岁前完成了在别人看来几乎无法完成的事情。

对于如何明确人生目标这个问题，可能许多青少年都会感到迷茫。其实，人生目标并没有你想的那样遥不可及，只要我们设法将自己的天赋、热情、兴趣与自己的职业发展方向结合起来，并为之一步步的从现在做起就好。

人生像一场游戏，像一次旅行。有了目标，才不会迷失方向；有了目标，才不会失去活着的意义；有了目标，才不会一无所获。

蚂蚁的梦想

    从前，蚂蚁王国组织了一场别开生面的搬运比赛。

    比赛的过程中，凡是参赛蚂蚁都要背负一块比它重几倍的小石子从马路的这端走到对面。这对蚂蚁而言，是一段很远很远的路程，何况还要一直背负重物。

    一大群蚂蚁围着参赛者，给它们加油。比赛开始了，选手中有一只特别瘦小的蚂蚁，而蚁群中没有一只蚂蚁相信那只最弱最小的蚂蚁会到达终点。大家都在议论"这太难了！它肯定背不动那么重的石子。它绝不可能成功的，它会累死的！"

    参赛的蚂蚁一边前进一边听着大家的议论，慢慢地，一只接一只的蚂蚁开始泄气，只有为数不多的几只还在继续爬，其中就有那只被蚂蚁们不看好的小瘦子。

    随着比赛的进行，议论的声音也越来越多，甚至有些围观者都坐在了原地不愿继续向前。越来越多的蚂蚁累坏了，退出了比赛，但那只最弱最小的蚂蚁还在背着石子艰难地挪着步子朝前走着，丝毫没有要放弃的意思。最后其他所有的蚂蚁都退出了比赛，只有那只最弱小的蚂蚁，它费了很大的力气，流了很多的汗水，终于成了唯一一只到达马路对岸的蚂蚁，它是唯一的胜利者！

比赛结束了，所有的蚂蚁都想知道它是怎么成功的。有一只蚂蚁记者连忙跑上前去问那只胜利的小蚂蚁它哪来那么大的力气走完了全程，可蚂蚁们却惊奇地发现原来这只最弱小的蚂蚁是个聋子。

整个比赛的过程，它听不到其他蚂蚁的议论和泄气声，没有被其他的声音影响它的行动力，它的心中只有它的梦想和目标——就是要背着石子一步步向前，直到终点。它不断提醒自己目标是什么，结果它做到了！

CHENGZHANG XINYU

青少年要尽早地给自己确立一个远大的梦想，并从现在开始做起，从每道题开始做起。不要怕别人嘲笑你，做出成绩来，是对那些嘲笑你的人最好的反击。

另一种地狱

    无所事事也是一种难挨的痛苦，日理万机有时反倒是一种充实的幸福。生于忧患，死于安乐，大概是人类共同的命运。

    有一个人死了之后，在去见阎王的路上，路过一座金碧辉煌的宫殿。宫殿的主人请求他留下来居住。这个人说："我在人世间辛辛苦苦地忙碌了一辈子，我现在只想随心所欲地吃和睡，不想工作。"

    宫殿主人答道："若是这样，那么世界上再也没有比我这里更适合你居住的了。我这里有山珍海味，你想吃什么就吃什么，不会有人来阻止你；我这里有舒适的床铺，你想睡多久就睡多久，不会有人来打扰你；另外，我保证没有任何事需要你做。"

    于是，这个人就住了下来。

    开始的一段日子，这个人吃了睡，睡了吃，感到非常快乐。渐渐地，他觉得有点寂寞和空虚，于是他就找到宫殿的主人，抱怨道："这种每天吃吃睡睡的日子过久了一点意思都没有。我现在都成一个胖子了，对这种生活已经提不起一点兴趣。你能否为我找一份工作？"

    宫殿的主人答道："对不起，我们这里从来就不曾有过工作。"

又过了几个月，这个人实在受不了了，又去见宫殿的主人："这种日子我实在受不了。如果你不给我工作，我宁可去地狱，也不要再住这里了。"

宫殿的主人轻蔑地笑了："你以为这是哪里？这里本来就是地狱啊！"

安逸的生活原来也是一种地狱！它虽然没有刀山可上，没有火海可下，没有油锅可赴，但是它能渐渐地毁灭你的理想，腐蚀你的心灵，甚至可以让你变成一具行尸走肉。

成长心语 CHENGZHANG XINYU

有些富人钱多得早就花不完，但还在拼命做事。这是为什么呢？答案很简单：只是为了自己的生命力。人不能没有事做，一直空虚而无所事事的人终将变成一具行尸走肉。

看破红尘

　　有一个悲观的青年人自称已经看破了生命的本真，每天什么也不做，只是懒洋洋地坐在树下晒太阳。

　　有一个智者路过这里，看到年轻人这个模样，就问道："年轻人，大好的时光，你怎么不去找工作赚钱？"

　　年轻人说："没意思，赚了钱还不得花没了。"

　　智者又问："那你怎么不结婚？"

　　年轻人说："不好，说不定还得离婚。"

　　智者说："你怎么没有朋友？"

　　年轻人说："没劲，交了朋友弄不好会反目成仇。"

　　智者递给年轻人一根绳子说："你干脆上吊吧，反正也得死，还不如现在死了算了。"

　　年轻人若有所思，羞愧地说："我不想死……"

　　智者说："生命是一个过程，不是一个结果。"

　　一句话点醒了梦中人，年轻人幡然醒悟了。

　　故事告诉我们一种生活智慧，这种生活智慧和佛家常劝世人的"活在当下"含义相近。然而，到底什么叫作"当下"？简单地说，"当下"指的就是你现在正在做的事、待的地方、周围一起工作和生活的人。

　　对于青少年来说，活在当下就要脑子里有梦想，但要从眼前的每一道题，每一节课做起。

青春无价

　　有个年轻人不停地向上帝抱怨着自己的命运，说沉重的生活压力快要自己喘不过气来了，他一刻也无法忍受现在的这种生活。

　　上帝笑着问他到底想要什么。"我想要一种显赫和奢侈的人生，高高在上的地位以及用之不尽的存款。"年轻人回答说。

　　"好，我答应你！"上帝说。

　　上帝刚一说完，只听轰的一声巨响，年轻人周围的世界变了，他来到了一个豪华的别墅中，网球场、游泳池、豪车、假山，还有一个非常妖娆的美女。他现在的身份是一家跨国集团的董事长，手下的员工有两万人，银行里的存款连他自己都数不清。年轻人顿时欣喜若狂。

　　他照镜子的时候却发现，自己在拥有这些的同时也失去了青春，他已经80岁了。

　　年轻人顿感万念俱灰，因为他知道自己的人生已经走到了尽头，虽然拥有他想拥有的一切，却并未有过创造它们的快乐。

　　于是年轻人大叫，要上帝把自己变回去。在他的大呼小叫中，上帝又出现了，意味深长地对他说："你要的我不是已经都给你了吗？"

　　"你分明是在耍无赖！我现在却再也没有时间享受这一切了啊！"年轻

人愤愤不平地说。

"是啊，但你要知道这些东西是需要用努力去创造的，你不喜欢努力，不想要过程，那我就拿掉了你人生努力的过程，你应该感到高兴才对啊！"

听到上帝的话，年轻人恍然大悟，明白了上帝的意思，他恳求上帝把他变回原来的自己，让他能够靠自己的双手，一点一滴朝着自己的梦想而努力奋斗。听了年轻人的话，上帝微笑着点了点头，轰的一声，年轻人变了回去，上帝消失了。

人，其实就像一颗划过天空的流星，重要的不是你落在哪里，而是你在天空中闪耀出多么大的光芒。

魔法妈妈

　　随着《哈里·波特》系列小说风靡全球，它的原创作者罗琳成了英国最富有的女人，她所拥有的财富甚至比英国女王的还要多。可是风光无限的背后，谁能看到她那段穷困落魄的历史？她的成功恰恰在于她坚持自己的信念。

　　罗琳从小就热爱英国文学，并尝试着写作和讲故事，并且从来没有放弃过。大学时，她主修法语。毕业后，她只身前往葡萄牙去发展，随即和当地的一位记者坠入情网，并走进了婚姻的殿堂。

　　无奈的是，这段婚姻来得快去得也快。婚后，丈夫的本来面目暴露无遗，他殴打她，并不顾她的哀求将她赶出家门。

　　不久，罗琳便带着才几个月大的女儿杰西卡回到了英国，栖身于爱丁堡的一间没有暖气的小公寓里。

　　丈夫离她而去，此时又没有工作，身无分文，再加上嗷嗷待哺的女儿，罗琳一下子变得穷困潦倒。她不得不靠救济金生活，经常是女儿吃饱了，她还饿着肚子。为了女儿，她愿意这样做。

　　家庭和事业的失败并没有打消罗琳写作的积极性，用她自己的话说："或许是为了排遣心中的不快，或许是为了完成多年的梦想，也或许是为了每晚能把自己编的故事讲给女儿听。"她成天不停地写呀写，有时为了省钱省电，她甚至待在咖啡馆里写上一天。

就这样，在女儿的哭闹声中，她的第一本书《哈利·波特与魔法石》诞生了，之后又相继推出了六本。

这个"魔法"妈妈罗琳创造了出版界的一个奇迹，她的作品被翻译成55种语言在115个国家和地区发行，引起了全世界的轰动。

罗琳从来没有远离过自己的信念，并用她的智慧与执著赢回了巨大的财富。即使她的生活艰难，她也坚信有一天，她必定会达到事业的顶峰。

或许生命什么都可以缺，譬如失去一只眼睛，或者一条健全的腿，但就是不能失去信念。信念是支撑一个人活下去的支柱，有了这根支柱，在绝境中也能求得生存；失去了这根支柱，在顺境中也会使生命凋零。

信念，这强烈的精神搜索之光，照亮了道路，虽然凶险的环境在阴影中潜行。信念是鸟，它在黎明仍然黑暗之际，感觉到了光明，唱出了歌。

不做失去方向的巨人

在英国伦敦，有一位名叫斯尔曼的青年人。他在很小的时候，腿部不幸患上了慢性肌肉萎缩症，走起路来都非常困难，可是他凭着坚强的毅力和信念，创造了一次又一次令人瞩目的壮举。

在19岁的时候，他登上了世界最高峰珠穆朗玛峰；21岁时，他登上了阿尔卑斯山；22岁时，他登上了乞力马扎罗山；28岁前，他攀登了世界很多著名的高山。斯尔曼的壮举赢得了世人的崇敬和赞美。当人们期待他再创辉煌时，年仅28岁的斯尔曼却自杀了。创造过这些成绩的人，为什么会选择自杀呢？有记者了解到，在他11岁时，他的父母在攀登乞力马扎罗山时不幸遭遇雪崩双双遇难。

父母临行前，留给了年幼的斯尔曼一份遗嘱，希望他能像父母一样，能一座接一座地征服世界高峰。在遗嘱中，父母列举了一些高山的名单：喜马拉雅山，乞力马扎罗山，阿尔卑斯山……

年幼的斯尔曼，把父母的遗嘱作为他人生奋斗的目标，当他实现这些目标的时候，感到了前所未有的迷茫和绝望。

在他的自杀现场，人们发现了满是遗憾的一份遗言："这些年来，作为一个残疾人创造了那么多征服世界著名高山的壮举，那都是父母的遗嘱给了我一种信念。如今，当我成功地把那些山峰征服以后，我却体会到一种前所未有的空虚感，因为我知道，自己已经没有了目标……"

一个人若是没有了梦想，那活着究竟是为了什么呢？或许自己都无法搞明白。整天浑浑噩噩的人，是难以体会到那种为了梦想而努力的快乐和充实的。

赖以生存的支撑

　　四个皮包骨头的男子，他们拎着一只非常沉重的大箱子，在茂密的丛林里踉踉跄跄地往前走。

　　这四个人是：迈克、汤姆、约翰斯、吉姆。他们是跟随队长谢尔盖夫进入丛林探险的。谢尔盖夫曾答应给他们优厚的工资，但是在任务即将完成的时候，谢尔盖夫不幸得了病而永远长眠在丛林中。

　　这个箱子是谢尔盖夫临死前亲手制作的。他十分诚恳地对四人说道："我要你们向我保证，一步也不离开这只箱子。如果你们把箱子送到我朋友麦克唐纳教授手里，你们将分到比金子还要贵重的东西。我想你们会送到的，我也向你们保证，比金子还要贵重的东西，你们一定能得到。"

　　埋葬了谢尔盖夫以后，这四个人就上路了。然而，密林的路越来越难走，箱子也越来越沉重，他们的力气却越来越小了。他们像囚犯一样在泥潭中挣扎着。一切都像在做噩梦，而只有这只箱子是实在的，是这只箱子在撑着他们的身躯！否则他们全倒下了。他们互相监视着，不准任何人单独乱动这只箱子。在最艰难的时候，他们想到了未来的报酬是多少，当然，肯定是比金子还重要的东西。

终于有一天，他们经过千辛万苦走出了茂密的丛林。四个人急忙找到麦克唐纳教授，迫不及待地问起应得的报酬。教授似乎没听懂，只是无可奈何把手一摊，说道："我是一无所有啊，噢，或许箱子里有什么宝贝吧。"于是当着四个人的面，教授打开了箱子，大家一看，都傻了眼，满满一堆无用的木头！

"这开的是什么玩笑？"约翰斯说。

"屁钱都不值，我早就看出那家伙有神经病！"吉姆吼道。

"比金子还贵重的报酬在哪里？我们上了这个倒霉鬼的当了！"汤姆愤怒地嚷着。

此刻，只有迈克一声不吭。他想起了他们刚走出的密林里，到处是一堆堆探险者的白骨，他想起了如果没有这只箱子，他们四人或许早就倒下去了。迈克站起来，对伙伴们大声说道："你们不要再抱怨了。我们得到了比金子还贵重的东西，那就是生命！"

其实，谢尔盖夫是个智者，而且是个很有责任心的人。从表面上看，他

133

所给予的只是一堆谎言和一箱石头，其实，他给了他们行动的目的。

　　人不同于一般动物之处是人具有高级思维能力，因此人就无法和动物一样浑浑噩噩地生活，人的行动必须有目的。这是我们赖以生存的支撑。

成长心语
CHENGZHANG XINYU

　　现代人的无聊、厌世、缺少激情，其病根，大都在于目的的丧失。说到底，我们还得有所追求才好。有些目的虽然无法实现，但至少，它们曾经激励和支撑了我们的一段生活，这就值得感谢。

一个幸福快乐的理由

　　有的时候，我们常常会莫名的忧郁和伤感，抑或是烦躁。此时我们看这个世界哪里都不顺眼。当我们因为一些事感到幸福和快乐的时候，却又觉得一切都那么美好。其实快乐很简单，我们要有一个懂得知足的心，懂得看到生活另一面的眼睛就够了。

妇人与和尚

　　从前，有一个妇人，她虽然很富裕，但特别喜欢为一些琐碎的小事而生气。

　　她意识到如果一直这样持续下去，会让自己非常不开心，于是便去求一位高僧为自己说禅解道，以开阔心胸。高僧听了她的讲述，一言不发地把她领到一座禅房中，让她念一段佛经。后来，趁其不注意忽然把她锁在里面。妇人气得跳脚大骂。骂了许久，高僧也不理会。妇人又开始哀求，高僧仍置若罔闻。过了半天，妇人终于沉默了。

　　高僧来到门外，问她："你还生气吗？"

　　妇人抽泣着说道："我只怨我自己，怎么会到这样一个地方来受这份罪。"

　　"连自己都不原谅的人怎么能心如止水？"高僧拂袖而去。

　　过了一会儿，高僧又问她："还生气吗？"

　　"不生气了。"妇人淡淡地说。

　　"为什么？"

　　"因为生气也没有办法呀！难道我还能报警？"

　　"你的气并未消失，还压在心里，爆发后将会更加剧烈。"高僧又离开了。

过了不久，高僧第三次来到门前，妇人告诉他："我不生气了，因为不值得生气。"

"若不在心里面衡量，怎么会知道值不值得？可见还是有气根。"高僧笑道。

此时，高僧已将房门打开。

当高僧的身影迎着夕阳立在门外时，妇人问高僧："大师，什么是气？"

高僧将手中的茶水倾洒于地。

妇人视之良久，顿悟，叩谢而去。

生气是用别人的过错来惩罚自己的愚蠢行为。人生苦短，幸福和快乐尚且享受不尽，哪里还有时间去生气呢？心平气和、胸怀坦荡的人才能拥有快乐的人生。

CHENGZHANG XINYU

人的一生虽然难免有不如意的事，但不能因此失去快乐，为不必要的事情生气。何苦要气？气是别人吐出而你却接到口里的那种东西，你吞下便会反胃，你不看他时，他便会消散了。

列车飞行员

一天早上，琳娜为了穿越机场，她搭上了一辆把客人从主隧道载往登机门的机场列车。

那是免费乘坐的列车。这列车整天开过来开过去周而复始，没有什么人会认为这是一桩有趣的事情，但是，这天早上她听到了难得的欢乐的笑声。

在最前头的一节车厢里，是可以看见驾驶室的，更可以透过驾驶室的挡风玻璃看到列车下的铁轨。此时，一个男子和他的儿子望着前方的铁轨，正饶有兴趣地交谈着。这时，列车停了下来，他们回头看时，有的人下了车，门又关了起来。

他们又继续隔着玻璃看着前方的铁轨，"我们快到了，抓紧我！"那位父亲对儿子说。那男孩大约5岁，他伸出手抓住了父亲的上衣，一边还用天真而快乐的声音不停地说着什么。

"注意那儿！"那父亲说，"注意到那个飞行员（指的是驾驶室里的列车司机）了吗？我打赌他正在走向自己驾驶的飞机。"

那儿子说："不，爸爸，我相信他是给那飞机的驾驶员送可乐去。你没瞧见他手里拿着两罐可乐？"那父亲大笑起来。

当琳娜下车后，她想起自己还需要买些东西。她的航班离起飞还早，所以她决定再回主隧道。

琳娜在主隧道的商店里买了一些东西，正准备再次登上列车去候机门时，她发现刚刚在列车上看到的父子俩也准备再次登上刚才那辆机场列车。她这才注意到他们并不是来坐飞机的，他们仅仅是来坐机场列车的。

"你想回家了吗？"父亲问。

"现在还不想回家，我还想再乘坐一次。"

"再坐一趟？"父亲佯装生气的样子，但很显然，他是被逗乐了。

"难道你不累吗？妈妈在家做的比萨饼要被小狗偷吃了！"

"这很有趣！"他的儿子说。"好吧！"父亲回答说。当车门开了，他们又都登上了那辆"飞机"。

CHENGZHANG XINYU

快乐有时候其实很简单，乘一列车或随意地欣赏一下风景都是快乐。快乐是一种心境，只有我们自己可以创造的心境，别人帮不了你。

富 有

有一位女教师，自愿担当某医院的一名义工。有一天，她带了故事书和玩具到医院的儿童病房去看望小朋友。

其中，一个半身瘫痪的小女孩吸引了她的注意力。她在小女孩的床旁坐下来，对她说："小妹妹，你想听什么样的故事，姐姐给你讲。"

小女孩说："姐姐你能不能给我讲一讲机器猫的故事呢？我很喜欢它。"

女教师耐心地翻开故事书，声情并茂地讲起了"机器猫"的故事。当小女孩听她讲到机器猫有个无所不能的口袋后，突然想看看女教师的口袋，是否也像机器猫的那样装满了各种好吃的呢？

无奈之下，她只好把口袋里的东西全部掏了出来。当掏到最后一个口袋时，却只掏出了两张五元的钞票。她不好意思地对小女孩说："姐姐的口袋里并不像机器猫那样富有，姐姐没有多少钱。"

小女孩抬起头闪着一双漂亮的大眼睛对她说："姐姐，你是富有的，虽然你没有很多很多的钱，可是你有一双完好、健康的脚啊，你能自由地在路上行走，可我不能，所以你比我更富有！"

听过小女孩的话，女教师顿时愣在了那里，她从来没有因自己拥有健康的身体而满足过，只知道那是她习以为常，应该具备的东西。

此时，她才感到自己能健康地生活在阳光下，是一件十分令人高兴的事。接着，她又对小女孩说："你说得很对，我确实应该为自己拥有健康而满足，我的确非常富有。不过你也很富有啊！你有一双世界上最美丽、明亮的大眼睛，还有健全的双手。"

小女孩高兴地说道："是呀！以前我看到的只是自己那双残缺的腿，却忽视了还有一双美丽的眼睛和健康的双手。"

一个真正富有的人，必须懂得幸福的真正含义；一个真正富有的人，必须深信，自己所拥有的东西都是弥足珍贵的，也是值得用心维护的。

成长心语
CHENGZHANG XINYU

不要将自己的人生目标制定得过于遥远，把生存的起点放得低一些，就可以体会到知足常乐的真谛。

小鸟的忠告

　　有时我们拥有的不是太少而是欲望太多，如果让欲望占据了整个胸膛，快乐就无法存在，要想让快乐永存心中，就要清除心中的欲望。

　　有一个猎人，原本生活得非常富足和快乐，一次，他捕获了一只能说话的鸟。

　　"放了我，"这只鸟说，"如果你放了我的话，我将给你三条人生忠告。"

　　"先告诉我，"猎人回答道，"我发誓我会放了你。"

　　"那好吧！"那只鸟儿说："第一条忠告是，为你做过的事不要后悔；第二条忠告是，如果有人告诉你一件事，你自己认为是不可能的就别相信；第三条忠告是，当你做一件事力不从心时，别费力勉强去做。"

　　然后鸟对猎人说："该放我走了吧。"猎人果然遵守信誉将鸟放走了。

　　这只鸟飞走后落在一棵大树上，并向猎人大声嘲笑道："你真愚蠢。你为什么会放了我呢？你并不知道在我的嘴中有一颗价值连城的大珍珠，正是这颗珍珠才让我会说话，让我这样聪明。"

　　这个猎人很后悔，于是想再捕获这只被放走的鸟。他跑到那棵高耸入云的大树跟前开始爬树。当他爬到一半的时候，已累的筋疲力尽，但为了得到那颗价值连城的珍珠，还是拼命得往上爬。结果累得掉了下来摔断了双腿。

这时，鸟嘲笑地向他喊道："笨蛋！我刚才告诉你的忠告你全忘记了。我告诉你一旦做了一件事情就别后悔，而你却后悔放了我；我告诉你如果有人对你讲，你认为是不可能的事就别相信，而你连想都不想就相信像我这样一只小鸟的嘴中会有一颗很大的珍珠；我告诉你如果力不从心时，就别勉强自己。这棵树又高又粗，你爬不上去，就别强迫自己去爬，而你却追赶我并试图爬上这棵大树，结果掉下去摔断了双腿。"

说完，鸟飞走了。

人因贪婪很容易会犯起傻来，干出无比荒唐的蠢事。我们在任何时候要有自己的主见和辨别是非的能力，不要奢望得到欲望，不要被假现象所迷惑。

成长心语
CHENGZHANG XINYU

对聪明人来说，一次教训比蠢人受一百次鞭挞还深刻。

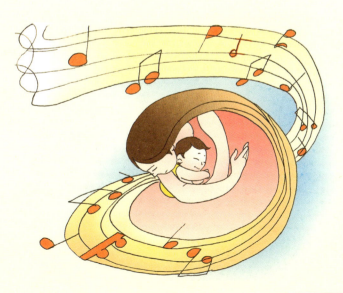

捉蜻蜓的乐趣

一位富商不幸身患重病，眼看着就要离开人世了。

临终前，他见窗外的中心广场上有一群孩子在捉蜻蜓，就对他四个未成年的儿子说："你们到那儿给我捉几只蜻蜓来吧！我许多年没见过蜻蜓了。"

不一会儿，大儿子就带了一只蜻蜓回来。

富商问："怎么这么快就捉了一只？"

大儿子说："我用你当初给我买的那辆遥控赛车换的。"

富商听罢没说什么。

又过了一会，二儿子也回来了，他带来了两只蜻蜓。富商问："你这么快就捉了两只蜻蜓？"

二儿子说："我把你送我的遥控赛车租给了一位小朋友，他给我3分钱，这两只是我用两分钱向另一位有蜻蜓的小朋友买来的。爸，这是那多出来的一分钱。"

富商微笑着点点头。

　　不久老三也回来了，他却带来了十只蜻蜓。富商问："怎么会捉到这么多蜻蜓？"三儿子说："我把你送给我的遥控赛车在广场上举起来，问'谁愿玩赛车，愿玩的只需交一只蜻蜓就可以了'。爸，要不是怕你急，我至少可以得到20只蜻蜓。"

　　富商拍了拍三儿子的头。

　　最后到来的是老四。他满头大汗，两手空空，衣服沾满尘土。富商问："孩子，你怎么搞的？一只蜻蜓也没拿来？"

　　四儿子气喘吁吁地说："我忙活了半天，也没捉到一只，就在地上玩赛车，要不是见哥哥们都回来了，说不定我的赛车能撞上一只落在地上的蜻蜓。"

　　富商笑了，笑得满眼是泪，他摸着四儿子挂满汗珠的脸蛋，把他搂在了怀里。

　　第二天，富商死了，他的孩子在床头发现一张小纸条，上面写着："孩子，我并不需要蜻蜓，我需要的是能看到你们捉蜻蜓的乐趣。"

　　钱当然可以买到蜻蜓，但买不到的是捉蜻蜓的乐趣。

　　生命的乐趣不在于结果，而是一个过程。若论结果，每个人死了之后都会化为尘土，那这样的人生有什么意义呢？关键就是在我们活着的时候能够真正的快乐，才没有遗憾。

145

沿途的风景

释迦牟尼在没有成佛之前，经历了很多苦修和磨炼，从中领悟了许多人生的真谛。

有一天，释迦牟尼要进行一次长途的旅行，他因为急于到达目的地，便无视于路程的遥远和艰苦，努力地赶路。长途漫漫，风餐露宿，释迦牟尼累得精疲力竭，终于，眼看就要到达自己想去的地方了，他松了口气。

就在他心情放轻松的同时，他感觉到自己的脚下有一颗小石子磨得脚心很不舒服。那颗石子很小，小到让人根本不觉得它的存在。其实，在刚开始赶路时，他就已经清楚地感觉到那颗小石子在鞋子里，不断地刺痛着脚底，让他觉得很难受。

然而，他一心忙着赶路，连脱下鞋子将沙子倒出来都觉得是在浪费时间，索性便把那颗小石子当作是一种修行，不去理会。

直到快到达目的地时，他才停下急切的脚步，心想：目标就在前面了，干脆就在山路上把鞋子脱下来，把脚下的小石子从鞋子里倒出来，让自己轻松一下吧！

就在他低头坐下，准备脱鞋的时候，他的眼睛不自觉地瞄向沿路的水光山色，竟发现它们是如此的美丽。

当下，他领悟了一个重要的道理：自己一路走来，这么匆忙，心思意念竟然只专注在目的地上，而完全没有发现四周优美的景色。

欣赏完景色后，他把鞋子脱下，然后将那颗小石子拿在手中，不禁赞叹着说："小石头啊！真想不到，这一路走来，你不断地刺痛我的脚掌心，原来是要提醒我，慢一点走，不要错过沿途美丽的风景啊！"

其实快乐很简单，它不在于我们有多少钱去消费，也不在于我们在哪里，只要我们有一双发现美的眼睛，连一粒沙子都是美的，正所谓："一沙一世界，一水一乾坤。"

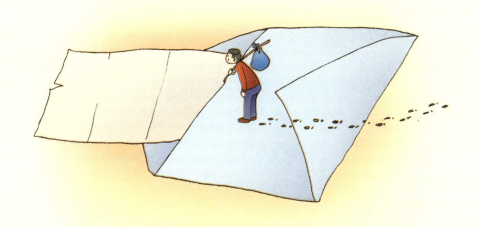

赤脚的佛

从前，有个年轻人与母亲相依为命，过着贫困的日子。

后来年轻人由于苦恼而迷上了求仙拜佛。母亲见儿子整日念念叨叨、不务农活的痴迷样子，曾苦劝过几次，但年轻人对母亲的话不理不睬，甚至把母亲当成他成仙的障碍，有时甚至还对母亲恶语相向。

有一天，这个年轻人听说有一位高僧住在很远的一座山上，心里不免仰慕，便想去向高僧讨教成佛之道，但他又怕母亲阻拦，便瞒着母亲偷偷从家里跑出去了。

他一路上历尽艰辛，餐风饮露，终于在山上找到了那位传说中的高僧。高僧热情地接待了他。听完他的一番自述，高僧沉默良久。

当他向高僧请教佛法时，高僧开口道："你想得道成佛，我可以给你指条道。吃过饭后，你即刻下山，一路到家，你只要遇到有赤脚为你开门的人，这人就是你所苦苦追寻的佛。你只要悉心侍奉，拜他为师，便可成佛了！"

年轻人听了非常高兴，谢过高僧，就欣然下山了。

第一天，他投宿在一户农家，男主人为他开门时，他仔细看了看，给他开门的这个人并没有赤脚。第二天，他投宿在一座城市的富有人家，更没有人赤脚为他开门。他不免有些灰心。第三天，第四天……他一路走来，投宿无数，却一直没有找到高僧所说的赤脚的开门人。

他开始对高僧的话产生了怀疑。快到自己家时，他彻底失望了。日落时，他没有再投宿，而是连夜赶回家。到家门时已是午夜时分。疲惫至极的他费力地叩动了门环。屋内传来母亲苍老而惊讶的声音："谁呀？"

"是我，妈妈。"他沮丧地答道。

门很快打开了，一脸憔悴的母亲大声叫着他的名字把他拉进屋里。在灯光下，母亲流着泪端详他。

这时，他一低头，蓦地发现母亲竟赤着脚站在冰凉的地上！

刹那间，灵光一闪，他想起高僧的话。他突然什么都明白了。年轻人泪流满面，"扑通"一声跪倒在母亲面前。

母亲对于我们每个人来说永远都是伟大的。在你失意、忧伤甚至绝望的时候，千万不要忘记你身边站着的母亲，因为母亲永远都会无私地爱着自己的孩子，没有期限。

不管你是怎样的卑微和落魄，母亲永远是你可以停泊栖息的港湾，她的关爱和呵护一样会帮你登上一条风雨无阻的人生之船。

一个幸福快乐的理由

二战期间，罗勃·杰克曾在一艘美国潜艇上担任军情瞭望员的职位。一天清晨，正在印度洋水下潜行的他通过潜望镜，忽然发现一支由一艘运油船、一艘驱逐舰和一艘水雷船组成的日本舰队正向自己缓缓逼近。

此时的潜艇上并没有装备可以进行攻击的武器，为了躲避水雷，潜艇紧急下潜，直到下潜至大海底部。潜艇以不变应万变，关掉所有的电力和动力系统，全体官兵静静地躺在各自的床铺上。当时，杰克感到害怕极了，因为只要有一颗炸弹在潜艇5米范围内爆炸，就会把游艇炸出个大洞来，这对处于深海中的船员们来说无疑是最恐怖的噩梦。

日军水雷船连续轰炸了长达5个小时，杰克却觉得比5万年还漫长。寂静中，过去生活中的倒霉事以及荒谬的烦恼一一在眼前重现。

杰克加入海军前是一家税务局的小职员，那时，他总为工作又累又乏味而烦恼；烦恼买不起房子、新车和高档服装；报怨报酬太少，升职无指望；晚上下班回家因一些琐事与妻子吵架。这些烦恼在过去对于杰克来说简直就是天大的事，但是现在面临死亡，这些烦恼都变得微不足道了。他对自己发誓："只要能活着，以后就不会再烦恼。"

日舰扔完所有炸弹终于走开了，杰克和他的潜艇重新浮上水面。对杰克来说，这次经历，俨然就是一次重生，因为他终于找到了一个让自己幸福快乐的理由：活着。

战后，杰克回国重新参加工作。从此，他更加珍爱自己的生命，懂得如何去幸福快乐的生活。

找到一个能让自己幸福快乐的理由，其实并不困难。我们活着便是上帝的恩赐，我们有健康的身体，明亮的眼睛。当我们抱怨的时候，请想起那些连手脚都没有的人。